무당신마

양경 신무협 장편소설

2

ORIENTAL FANTASYSTORY & ADVENTURE

dream
books
드림북스

무당신마 2

초판 1쇄 인쇄 / 2014년 12월 23일
초판 1쇄 발행 / 2014년 12월 30일

지은이 / 양경

발행인 / 오영배
책임편집 / 편집부
펴낸 곳 / (주)삼양출판사 · 드림북스

주소 / 서울특별시 강북구 솔샘로67길 92
대표 전화 / 02-980-2112 팩스 / 02-983-0660
편집부 전화 / 02-980-2116 팩스 / 02-983-8201
블로그 / blog.naver.com/dreambookss

등록번호 / 제9-00046호
등록일자 / 1999년 3월 11일

ISBN 979-11-313-0211-8 (04810) / 979-11-313-0209-5 (세트)

* 지은이와 협의하에 인지는 생략합니다.
* 잘못된 책은 구입한 곳에서 바꾸어 드립니다.

이 도서의 국립중앙도서관 출판시도서목록(CIP)은 서지정보유통지원시스템홈페이지
(http://seoji.nl.go.kr)와 국가자료공동목록시스템(http://www.nl.go.kr/kolisnet)에서
이용하실 수 있습니다. (CIP제어번호: 2014037028)

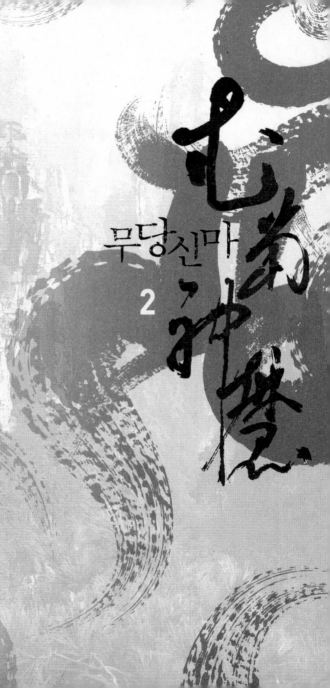

양경 신무협 장편소설

ORIENTAL FANTASY STORY & ADVENTURE

무당신마

2

dream
books
드림북스

목차

무당신마 神맥

第一章

참회동을 나왔다.

왜? 어떤 이유로 참회동을 나오게 되었는지는 모른다. 심하게 궁금하고 과하게 찝찝하지만, 어찌 되었든 나왔다. 목숨 걸고 공수해 온 벽곡단도 뒷산에 고이 묻어 증거인멸했다.

일 년의 유예기간이 붙긴 했지만, 어찌 되었든 자유다.

자유(自由)!

그 찬란한 두 글자를 얻었다.

이제 할 일 없이 참회동만 지키고 앉아 있을 필요는 없어졌다. 지겨운 벽곡단만으로 끼니를 연명하지 않아도 된다.

최종 목적인 무당파를 벗어나진 못했지만, 일차적으로 참회동을 벗어나는 데에는 성공했다.

그런데 왜?

"왜 나는 행복할 수 없지?"

이현은 멍하니 중얼거렸다.

청명한 무당산의 하늘은 머리 위로 높게 펼쳐져 있었다. 맑은 개울물 소리는 듣는 것만으로도 가슴을 시원하게 해 준다. 수림을 스치고 지나가는 바람은 해묵은 답답함마저 씻어 주는 듯했다.

그럼에도.

"나는 왜 행복할 수 없느냐고!"

이현은 목 놓아 절규했다.

이현의 절규에 그의 손에 들린 빨랫방망이는 하늘을 향하고, 한 시진 동안 열심히 빨아 놓은 빨래를 담아 놓은 바구니는 엎어졌다.

"왜! 왜 내가 이딴 일을 해야 하느냐고!"

이현은 거듭 절규했다.

참회동을 나왔다. 아직 무당파로부터 따로 거처를 지원받은 것이 없었기에 참회동을 나온 이현이 갈 곳은 태극검제 청수진인의 모옥이 유일했다.

거기까지는 좋았다.

청수진인이란 존재 자체가 이미 가시방석과 동급이었으나, 아무리 그래도 굴 파서 만든 참회동보다는 청수진인의 모옥이 나았으니까.

문제는 여기서부터 시작이다.

"묵은 빨래! 집수리! 청소! 때 되면 상 차려 올려야 하고! 그 설거지도 다 내 몫이고오!"

이현의 불만은 그것이었다.

일이 있다. 그것도 아주 많이!

억울한 것은 그 많은 일들이 누가 시켜서 이현의 몫이 된 것이 아니라는 것이다. 철저한 '갑'과 '을'의 힘의 역학 관계에서 이루어진 자연스러운 현상이다.

스승과 제자.

두 사람이 한 모옥에 있다.

제자는 스승이 빨래하게 둘 수는 없다. 제자가 빨아야 한다. 제자는 스승이 아침상을 준비하게 할 수도 없다. 제자가 아침을 차려야 한다. 그렇다고 제자가 스승에게 마당을 쓸게 할 수도 없는 노릇이다. 제자가 쓸어야 한다.

당연한 일이다.

그것이 스승과 제자의 기본 행동 양식이다.

이현이 밀려드는 과로에 몸서리치고 절규하는 것도 그러한 탓이었다.

어쩔 수 없다.

아니, 거기까지는 참을 수 있다.

어찌 되었든 몸을 낮추기로 했으니 그 정도는 얼마든지 웃으며 감내할 수 있는 각오가 되어 있었으니까.

문제는.

"그런데 내가 왜?"

이현이 막 다시 불만을 쏟아 내려 할 때였다.

"사질아! 사숙이 점심 드시고 싶으시대!"

갑자기 들려온 청화의 목소리가 이현의 투덜거림을 끊었다.

소리를 좇아 고개를 돌린 이현의 눈으로 언덕 위에서 손짓하는 청화의 모습이 들어왔다.

청화는 해맑게 웃고 있었다.

으득!

반대로 이현의 얼굴은 더욱더 심하게 구겨졌다.

"내가 왜 저거 수발까지 들어야 하느냐고!"

태극검제는 이해할 수 있다. 어찌 되었든 이 몸의 스승이니까.

비록 가르친 것이라고는 개도 안 물어 갈 태극무해심공뿐이라 하지만, 그래도 스승은 스승이었으니까.

하지만 청화는 다르다.

가르침 받은 것도 없고, 오히려 이현이 청화에게 무공을 가르쳐 주고 있는 처지다.

그런데도 청화의 수발 또한 모조리 이현의 몫이다.

더욱이 청화는 이현이 참회동을 나온 뒤부터 매일 아침 저녁 찾아와 끼니를 해결하는 것을 넘어 이제는 아예 청수 진인의 모옥에 눌러앉을 태세였다.

어찌 보면 당연한 일이었다.

이현이 그곳에 있었으니까.

청화가 참회동을 찾아와 낮 동안 머물렀던 것이 이현 때문이었으니, 이제 청수진인의 모옥에 찾아와 이렇게 눌러 앉은 것도 당연히 이현 때문이다.

어찌 되었든 그 덕에 이현은 팔자에도 없는 청화의 뒷수발을 담당하게 되었다.

불만은 넘치다 못해 철철 흐르고 있었지만, 이 또한 무어라 할 수가 없다.

"그놈의 계급이 깡패지! 깡패!"

청화는 이현의 사고이자 청수진인의 사매다. 배분상으로는 청화가 이현보다 훨씬 어른인 셈이다.

참회동에 있을 때는 문제가 되지 않았다. 이현이 청화를 어떻게 대해도 청화가 그것으로 청수진인에게 일러바칠 성격은 아니었으니까.

하지만 지금은 참회동에서 대했던 것과 같이 대해서는 안 된다.

적어도 청수진인의 앞에서는.

그랬다가는 지난날 참회동에서 때와 마찬가지로 청수진 인의 손에 먼지 나게 얻어터져야 할 판이다.

"아이참! 사숙이 배고프다고 하셨다니까? 빨리 가서 점 심상 차려 올려야지! 너 그렇게 늦장 부리면 또 사숙한테 혼날지도 몰라!"

마냥 인상만 찡그리고 혼잣말만 중얼거리는 이현을 바라 보기에는 답답했는지 청화가 쪼르르 개울가로 내려와 쫑알 거린다.

어찌 종용하는 한마디 한마디가 신경을 긁어 대는 말뿐 이다.

이현은 이를 악물었다.

"으득! 그래…… 가야지! 가서…… 밥 차려야지! 으득!"

한 음절 한 음절 내뱉을 때마다 이가 절로 갈린다.

어쩔 수 없다. 일단은 참아야 한다.

참회동 나온 지 며칠 되지도 않아 다시 갇힐 수는 없는 노릇이다. 그러다 문득 이현의 눈으로 청화의 손에 들린 무 언가가 들어왔다.

여기저기 다 뜯어지고 땟국으로 시커멓게 물들어 반질거

리는 거적때기.

어째 눈에 익었다.

"그건 또 뭐냐?"

이현이 눈에 익은 그 거적때기의 정체에 대해 물었다.

청화는 그제야 생각났는지 불쑥 그것을 이현에게 내밀었다.

"자! 받아!"

"그러니까 뭐냐고 이게! 아니, 그것보다 이 걸레 쪼가리를 왜 나한테 주는 건데? 왜? 사부가 방 청소라도 하라든?"

본능적으로 일감이 늘어났음을 알았다.

그 불길한 본능에 차곡차곡 쌓아 놨던 분노가 불쑥 치솟았다.

그런 이현의 물음에 청화는 웃으며 고개를 저었다.

"헤헷! 이거 걸레 아닌데?"

"그럼?"

"사숙 옷! 사숙이 오는 김에 이것도 빨아 놓으래!"

해맑은 청화의 대답에 이현의 얼굴은 또 한 번 무참히 찌그러졌다.

'짜증 나 죽겠는데 망할 노괴 한 마리까지 붙어서는!'

청화와 함께 이현의 노동력을 무단으로 착취하고 있는

또 다른 원흉.

아니, 청화까지는 어떻게든 참아 넘길 수 있었다.

만나면 티격태격하고 당하기도 참 많이 당했지만, 그래도 청화는 참회동에 있던 이현에게 도움이라 부를 만한 최소한의 노력은 보여줬으니까.

비록 분하고 억울하고 짜증 나게 싫지만, 그래도 뭐 하나 받은 게 있으니 그렇다고 참아 넘어갈 수는 있다.

하지만 또 다른 무임 승차범은 다르다.

'사숙'. 아니, 이현에게는 '사숙조'가 되는 인물.

따지고 보면 지금의 노동 착취도 그놈의 '사숙조'라는 노괴의 주도하에 이루어지고 있는 것이 아닌가.

상을 차리라 시키는 것도 '사숙조'였고, 방 청소를 시키는 인간도 '사숙조'란 인간이다. 하다못해 뒷간 더럽다고 청소시킨 인간도 '사숙조'고, 이제는 걸레 쪼가리나 다름없는 물건을 빨랫감이라고 던져 준 것도 '사숙조'다.

뭐 하나 준 것 없으면서 일은 또 소처럼 부려 먹는다.

"하여간 그 노괴가 제일 나쁜 놈이야!"

차오르는 분노에 이현의 속마음이 절로 입 밖으로 튀어나와 버렸다.

"응? 뭐라고?"

다행히 그 말을 듣지 못했는지 청화가 되물었다.

으득!

이현은 이를 악물었다.

그리고 자신을 이 거친 노동의 현장으로 떠밀어버린 악의 축을 입에 올렸다.

"혜(嘒)……광(狂)! 이 빌어먹을 노인네!"

혜광. 아니, 이현에게는 혜광 사숙조라 불러야 하는 인물.

지난날 몰래 등도촌을 다녀온 외유에서 마주친 노 괴물.

그리고.

혈천신마였을 때의 야율한에게 첫 패배를 안기고 홀연히 떠났던 인물.

그의 이름을 참회동에 나오고 나서야 알게 되었다.

그리고 혜광은 지금 청수진인의 모옥 아랫목에 드러누워 점심상 내오라고 땡깡을 부리고 있었다.

이현의 노동력을 쥐어짜면서!

이현은 생각했다.

'그딴 노인네가 어떻게 무당파 도사라는 건데!'

혈천신마 때에는 온 중원을 다 뒤져도 찾을 수 없었던 그 노인네가, 이현이 된 지금은 무당파의 어른이랍시고 들러붙었으니 운명의 장난치고는 참으로 고약한 장난이었다.

"염병!"

무엇보다 짜증 나는 것은 그 고생이 이제부터 시작이라
는 것이다.

＊　　　＊　　　＊

　청수진인은 웃었다.
　"허허허허!"
　허파에 바람이라도 들었는지 심심하면 좋은 사람 행세하
며 웃어 댔다.
　청화는 해맑다.
　"사질아! 이것 봐라? 나 목공 세 번밖에 안 떨어트렸어!"
　지지리도 둔한 탓에 그놈의 건곤구공의 진전은 쥐꼬리만
큼이면서도 마냥 다 즐거운 모양이었다.
　그리고.
　혜광은 이름 그대로 빛이 날 정도로 미쳤다.
　"육시랄! 국이 왜 이리 짜! 아주 소태를 갖다 부었느냐!"
　국이 조그만 입에 안 맞아도 곧장 주먹이 날아왔다.
　"이놈아! 어깨 주무르라니까 어딜 빨빨거리고 쏘다니는
게야! 이놈이 이제 사백조의 말씀은 귓등으로 듣는 것이냐
뭐냐!"
　밀린 집안일을 처리하느라 시킨 일이 조금만 늦어져도

주먹을 날린다.

“육시랄! 방이 왜 이렇게 뜨거워! 날 구워 먹을 심산이냐!”

어제는 방이 차갑다고 때리더니, 오늘은 또 방이 뜨겁다고 때린다.

“말끝마다 사숙조! 사숙조! 내 사백조라 부르라 그렇게 일렀거늘 네놈은 어찌 내 말을 이리도 무시하는 것이냐!”

사숙조를 사백조라 부르지 않았다고 때린다.

“끌끌끌! 고놈 참 재미있는 녀석이로고!”

그리고 이제는 재미있는 녀석이랍시고 때린다.

정작 이현은 아무것도 안 했는데 말이다!

억지다!

억지도 이런 억지가 없다.

이건 그냥 때리고 싶어서 때리는 것일 뿐이다.

“아! 왜 때리십니까! 아픕니다! 아파요!”

이현은 삐뚤어졌다.

가뜩이나 삐딱했던 정신머리는, 계속된 폭력과 무분별한 노동 착취로 말미암은 과로로 더욱더 삐뚤어졌다.

처음 며칠 맞아 가면서도 꿋꿋이 예의를 차렸던 모습은 온데간데없이 사라져 버린 지 오래다. 예의를 차리나 안 차리나 맞는 것은 똑같다.

"클클클! 역시 재미있는 녀석이로고!"

오히려 혜광은 그런 이현의 태도를 더욱더 즐기는 듯 보였다.

물론 그렇다고 주먹이 안 날아오는 것은 아니다.

"아악!"

대번에 혜광의 손이 번뜩이는가 싶더니 뒤통수가 얼얼하다.

필시 내공을 쓰는 기미는 보이지도 않건만, 툭 하고 맞은 뒤통수는 골이 울리다 못해 온몸이 아프다.

뼈를 에는 고통에 이현의 손은 바삐 뒤통수를 비벼 댔다.

"허허허허허!"

청수진인은 이런 상황에서도 웃기만 했다.

제자가 맞은 것에 대해 분노하지도 않고, 그렇다고 제자가 사숙조에게 버릇없는 태도를 보인 것에 분노하지도 않았다.

그저 웃었다.

속이 없는 것인지 생각이 없는 것인지. 아니면, 정말 허파에 바람이 들어서 웃음이 실실 새는 것인지는 모른다.

"아니! 우리 사질 왜 때려요! 사숙 미워요!"

그나마 이현의 편이 되어 주는 건 청화가 유일했다.

하지만 그것조차 반갑지 않았다.

"물론, 우리 사질이 바보 같고 버릇도 없는 데다, 찌질하고 성격도 더럽긴 하지만…… 그래도 이유 없이 때리는 건 나쁜 거랬어요!"

자고로 때리는 시어머니보다 말리는 시누이가 더욱 얄미운 법이라고 했다.

청화가 그랬다.

그냥 때리지 말라고 한마디만 하면 될 것을, 꼭 사족을 붙여 이현의 속을 뒤집어 놓았다.

더욱더 짜증 나는 것은.

"끌끌. 요 귀여운 것을 보았나. 우리 청화는 어찌 이리 말하는 것도 야무질꼬?"

혜광의 반응이다.

건수가 있건 없건 심심하면 이현을 향해 주먹을 날려 대는 혜광이건만, 청화에게는 그런 모습은 찾아볼 수가 없었다.

청화가 무어라 한마디만 해도 그저 귀엽다고 난리다.

그렇게 잘 날리던 주먹은커녕, 아주 깨물어 주고 싶어 죽겠다는 표정이다.

'대체 기준이 뭐야?'

궁금해졌다.

대체 무슨 기준으로 이현에겐 가학을, 청화에겐 애정을

쏟고 있는 것인지.

'여자라서?'

순간 든 생각이었지만 그럴듯하기는 했다.

무당에서 여성은 귀하다. 규율로 여자가 문도가 되는 것을 막은 것은 아니었지만, 그냥 자연스럽게 여성을 제자로 들이는 경우는 희귀해졌다.

도사들 대부분이 남자이기 때문인 이유도 있다. 투박한 남정네들만 가득한 도인들에게 섬세한 여제자란 함부로 대하기 어려운 존재였으니까.

또 다른 이유도 있다. 무당 또한 무림의 한 문파이기 때문이다. 사내의 몸으로도 버티기 어려운 거친 무림이다. 여인의 몸으로 무림을 살아가라는 것은 가혹한 일이다.

그렇기에 여제자를 들이는 일은 더욱 신중하고 조심스러운 것일 수도 있다.

어쨌든 무당파에서는 여제자가 귀하다.

그래서 별 시답지 않은 이유로 주먹질을 해 대는 혜광도 청화만큼은 예뻐해 주는지도 몰랐다.

하지만 이내 이현은 제 생각이 틀렸음을 깨달았다.

'여제자가 저거 하나밖에 없는 것도 아니고!'

무당은 크다.

아무리 여제자를 받는 일이 흔치 않다고는 하나, 뒤져 보면 여제자도 제법 많이 찾을 수 있다.

그럼에도 혜광이 청화만 아끼는 것을 보면 뭔가 다른 이유가 있다는 뜻일 것이다.

'무엇일까?'

대체 왜 청화는 혜광의 총애를 독차지하고 있는 것인지 그 이유를 알아야 했다.

알아낸다면, 어쩌면 지금 그에게 가해지는 혜광의 가학과 노동 착취도 피할 수 있을지도 모른다.

하지만.

빡!

"악!"

이현의 상념은 더는 이어지지 못했다.

후두부를 강타하는 혜광의 거친 손길 때문이었다.

무방비 상태였기에 더욱 아팠다.

"아! 이번에는 또 왜요! 왜? 아프다니까 왜 자꾸 때리는 겁니까!"

이현은 당연히 발작하듯 반항하고 나섰다.

"육시랄! 아프라고 때렸다! 이놈아! 해 떨어졌으면 후딱 후딱 저녁상 차려 올 준비나 할 것이지 왜 거기서 멍하니 눌러앉아 있어!"

하지만 혜광은 오히려 당당한 모습이다.

그것도 모자라 때 낀 시커먼 발바닥으로 이현을 걷어찼다.

"아! 거기 그렇게 뭉개고 있지 말고 빨리 저녁상이나 차려 오라니까!"

으득!

이현은 이를 악물어야 했다.

이라도 악물지 않으면 당장에 사고를 쳐도 단단히 칠 것만 같았다.

'싸우면 내가 진다!'

슬프게도 싸우면 진다.

그것을 알고 있기에 더욱 서글퍼졌다.

"예! 알겠습니다! 저녁……상! 차려 올리지요!"

이현은 이를 부득부득 갈며 어렵게 대답했다.

그리고 지친 몸을 이끌고 밖으로 나섰다.

"끌끌끌! 참으로 재미있는 녀석이로고!"

그런 이현의 등 뒤로 신 난 혜광의 목소리가 들려왔다.

"……."

이현은 입을 꾹 다물고 눈을 질끈 감았다.

뇌리로는 진지한 고민이 스쳐 지나갔다.

'다시 사고 쳐서 참회동에 들어가 버릴까?'

그렇게 나오고 싶었던 참회동이 다시 그리워질 것이라고

는 예전엔 전혀 상상도 못 했었다.

＊　　　＊　　　＊

참회동이 차라리 나을 수도 있다는 것을 새삼 깨달았다.

이현은 격렬하게 참회동으로 돌아가고 싶었다.

"그땐 몰래 나갈 수라도 있었지!"

깜깜한 밤중에 달빛을 조명 삼아 개울가에 앉아 설거지하고 있던 이현이 문득 중얼거렸다.

참회동에 있을 때는 몰래 등도촌에 다녀올 수라도 있었다.

등도촌에선 술도 마실 수 있었고, 도박도 할 수 있었다.

"이럴 줄 알았으면 계집질이라도 제대로 해 보는 건데!"

여색을 밝히지 않는 탓에, 놀고먹는 데만 바빴다.

지금도 마음껏 등도촌을 오갈 수 있었다면 여색을 가까이하기보단 술 마시고 노는 데 더욱 치중했으리라는 것도 이현은 스스로 잘 알고 있었다.

하지만 이제는 등도촌을 갈 수가 없는 처지다.

청수진인과 혜광이 떡하니 버티고 있는 이상, 그건 꿈만 같은 일일 뿐이다.

그러니 아쉽다.

그때는 그다지 생각나지도 않았던 것이, 이제는 천추의 한이 되어 버렸다.

"하! 술 마시고 싶다!"

이현은 휘영청 밝은 달을 보며 중얼거렸다.

잠깐 맛본 자유를 다시 박탈당한 것이니 아쉬움만 더욱 커진다.

"염병! 신검 그 말코 놈은 고기도 잘만 처먹더니만! 고기라도 한 점 먹을 수 있으면 소원이 없겠네!"

분명히 봤다.

과거 혈천신마였을 때 정마정상회담(正魔頂上會談) 장소에서 무당신검 이현은 잘도 고기를 처먹었었다.

그래서 다 되는 줄 알았다.

참회동만 나오면 지겨운 벽곡단 대신 자유롭게 고기를 먹을 수 있을 것이라 기대했었다.

"고기는 개뿔! 신검 그놈이 역시 말코였어!"

하지만 막상 나와 보니 그것이 아니다.

육식은 허락되지 않는다. 아니, 육식은커녕 화식이 허락된 음식도 극히 한정적인 일부에 불과하다.

밥과 국을 제외한 대부분은 순 생으로 먹는 것이나 소금으로 절여 놓은 것들뿐이다.

의식주.

무엇하나 참회동보다 나은 것이 없다.

이현은 생각했다.

"아! 사고 치고 싶다! 사고 쳐서 다시 참회동에 갇히고 싶다!"

진심이었다.

진심으로 사고 한번 다시 쳐서 참회동에 갇히고 싶은 마음이 간절하다.

그 간절한 바람이 점점 더 구체적으로 변모하기 시작했다.

"누굴 팰까?"

가장 패고 싶은 인간이야 딱 정해져 있었다.

"혜광……! 그 빌어먹을 노괴만 두드려 팰 수 있으면 딱 좋은데 말이야!"

주는 것 없이 핍박과 구타만 휘두르는 혜광이야말로 지금 이 순간 가장 때리고 싶은 인물 일 순위다.

그밖에도 몇몇 있다.

혜광만큼은 아니지만, 전에 당한 것이 있다 보니 청수진인도 때리고 싶다.

하지만 이현은 이상과 현실을 구분할 수 있는 냉정한 판단력은 가지고 있는 사람이었다.

"아서라! 그러다 내가 죽는다."

청수진인만 해도 지금 이현이 어찌할 수 있는 상대가 아니다.

하물며 혜광은…….

괜히 건드렸다가는 그대로 목 따여서 오체분시 될 판이다.

그러니 그 두 사람은 제외다.

"청화 고년도 제외야. 건드리면 사부란 작자랑 사숙조란 노괴가 가만히 안 있을 거야. 그러면 누구를 패야 후환 없이 참회동에 갇힐 수 있을까?"

이현의 눈이 가늘어졌다.

기억 속에서 몇 되지도 않는 인물들의 얼굴을 되짚어 본다.

"뒤통수 그놈은 얼굴도 모르니까 넘어가고……."

그나마 떠오른 인물은 뒤통수밖에 모습이 기억나지 않는다.

이현이 처음 무당파에서 눈을 떴을 때 그의 앞에서 등을 보였던 자다.

이름은 얼핏 들어본 것 같은데 얼굴은 전혀 모른다.

매 순간 숨 쉴 틈도 없이 뺑뺑이를 돌려 대는 혜광이라는 노괴가 있는 이상 그를 찾아 족칠 만큼의 여유는 없다.

아쉬운 마음에 입맛을 다시던 이현의 두 눈에 다시 빛이

들어왔다.

"집법당주! 그래! 집법당주를 패는 거다!"

집법당주 청백.

이현을 참회동에 가뒀던 것도 그였고, 이현을 참회동에서 빼내 와 이 생지옥 속에 밀어 넣은 것도 그였다.

심지어 문의 규율과 법도를 담당하는 집법당주다.

"그래! 집법당주야! 잘만 패면 무기징역도 받을 수 있다!"

무기징역!

무기한으로 참회동에 갇히는 것이다.

법을 집행하는 집법당주인 만큼 그 정도 형량은 흔쾌히 받아 낼 수 있을 것이다.

"그래! 집법당주 그것을 패는 거야……!"

그럼 영원히 혜광에게서 벗어날 수 있다. 그러다 힘을 되찾으면 그대로 무당파를 뒤집어엎고 나오면 그만이다.

최상의 계획이다.

그러다 문득 한 가지 떠오르는 것이 있었다.

"그런데 이거 잘못 건드렸다가 파문되는 것 아니야?"

무기징역은 환영이지만 파문은 절대 사절이다.

단전을 파훼하고 사지근맥을 잘라 버린다. 혀를 자르고 두 눈을 파낸다. 잔인하지만 그렇게 해야만 무당파의 무공을 유출하는 것을 막을 수 있다.

무기징역을 결정할 수 있는 집법당주라면 당연히 파문도 결정할 힘이 있다.

"염병! 이거 뭐 건드릴 만한 인간이 없어!"

파문당했다가는 기껏 얻은 무공조차도 **빼앗길** 것이다.

그래서는 안 된다.

다른 대상을 찾아야 했다.

"한 자리 꿰차고 있는 인간들은 안 돼! 잘못 건드리면 괜히 나만 피똥 싼다!"

장로들이나 주(主)자 붙은 직함의 인간들은 무조건 제외다.

집법당주와 같은 이유에서였다.

괜히 잘못 건드렸다가 파문이라도 당하는 날에는 이현의 희망도 모두 사라져 버린다.

"일대 제자들도 안 돼. 누구 스승이 끗발 센 놈일지 내가 어떻게 알아?"

잃을 게 생겨 버리니 움직임과 결정에도 제약이 따랐다.

"아! 내가 이딴 걸 왜 고민하고 있어야 하는 것이냐!"

불쑥 화가 치민다.

혈천신마였을 때는 이런 고민이 필요 없었다.

그냥 엎고 싶으면 엎고 패고 싶으면 팼다. 그래도 아무런 문제가 되지 않았다. 아니, 문제가 되어도 상관이 없었다.

그것을 모두 억누를 힘이 있었으니까.

새삼 스스로의 처지가 처연해졌다.

그럼에도 이현은 필사적으로 자신이 마음껏 후드려 패고 참회동에 갇힐 수 있는 대상을 물색했다.

이것저것 빼고 나니 떠오르는 건 딱 하나다.

"그래! 참배객!"

도가의 성지라 할 수 있는 무당파를 찾아오는 참배객.

하루에도 수십 수백의 참배객이 몰려드니 아무나 만만해 보이는 놈 하나만 조지면 된다.

"일단은 돈 많아 보이는 놈 제외하고, 힘 좀 쓸 것 같은 놈 중에 허름한 놈으로 하나 조지는 거야! 설마 참배객 하 나 들이팼다고 파문까지는 안 시킬 테니까……."

막상 대상을 정하고 나니 그다음은 일사천리다.

자고로 사람 패고 죽이는 일에는 도가 튼 혈천신마다. 혈 천(血天)에 신마(神魔)라는 별호는 그냥 얻은 것이 아니었 다.

그런 혈천신마의 경험을 가진 이현이다.

주 전공을 만났으니 머리는 오랜만에 신 나게 돌아가고 있었다.

졸지에 내일 이현의 손에 이유도 없이 맞게 생긴 죄 없는 참배객에 대한 미안한 마음 따위는 눈곱만큼도 존재하지 않았다.

"그냥 재수 없는 거지 뭐."

이현은 대수롭지 않게 넘겼다.

중원 정복까지 완성한 혈천신마에서 하루아침에 무당파 일대 제자 이현이 된 재수 없는 사람도 있다. 심지어 이현이 되자마자 참회동에 갇히고, 참회동에서 빠져나오자마자 혜광이란 노괴가 들러붙은 사람도 있다.

거기에 비하면 순수한 의도로 무당파에 들른 참배객 하나가 무당파 도사의 손에 두드려 맞는 것은 그리 특별할 것도 없는 무난한 일이었다.

"기다려라! 참회동!"

이현은 모처럼 만에 대 놓고 사고 칠 이 기회에 몸이 뜨겁게 달아올랐다.

빨리 산문이 열리는 아침이 밝아 오기만을 기다렸다.

* * *

작전명 참배객 구타 사건!

그 원대하고도 치밀한 계획을 세운 날 아침은 이현에게는 참으로 싱그럽게 다가왔다.

인시(寅時) 중.

이른 새벽부터 시작되는 무당의 아침도, 차가운 개울물을 길어 오는 것으로 시작하는 아침 식사 준비도 이현은 즐거운 마음으로 행했다.

'오늘만 지나면 이 고생도 안녕이다.'

참배객을 두드려 팬 후 참회동에 갇히겠다는 계획만으로도 그냥 하루가 즐겁다.

"육시랄! 국이 왜 이리 밍밍해! 이놈아! 너는 간 하나 제대로 못 맞추느냐!"

퍽!

평소와 같이 국 간을 빌미로 날려 대는 혜광의 주먹질에도 이현이 웃을 수 있었던 것도 그 때문이다.

"하하하. 이런. 죄송합니다. 당장 다시 해 올리겠습니다."

세게 한 대 맞고도 이현의 입가에서는 웃음이 떠날 줄을 모른다.

"어? 사질? 왜 그래? 사형! 사질이 이상해요. 사숙한테 너무 맞아서 정신이 이상해졌나 봐요. 어떻게 해요."

평소와 다른 이현의 반응 탓이었을까.

아침을 얻어먹으러 온 청화가 울상이 되어 청수진인에게 매달린다.

"호오! 요놈 보게?"

반대로 혜광은 묘한 미소를 지으며 이현을 바라봤다. 씩 웃으며 들리는 입술 너머로 드러난 누런 이가 호롱불에 반사되어 유난히 반짝였다.

그래도 이현은 웃었다.

"하하하! 사숙조께서 국이 싱겁다 하시니 싱거운 것이겠지요. 아랫사람 된 도리로 다시 해 올리는 것이야말로 당연한 일이 아니겠습니까."

그러고는 일어나 혜광의 국을 가지고 밖으로 나섰다가 잠시 뒤에 다시 돌아왔다.

이현이 가지고 온 국에서는 모락모락 김이 올라오고 있었다.

간을 다시 맞추는 것도 모자라 국까지 다시 데워서 온 것이다.

"자! 이제 간이 맞으실 겁니다."

공손히 국을 다시 올리는 이현에 혜광의 웃음은 더욱 짙어졌다.

"끌끌끌! 어찌 짱돌 굴리는 꼴이 왜 이리 마도(魔道)다울꼬?"

"예?"

가만히 이현을 응시하던 혜광의 의미심장한 혼잣말.

순간 이현은 가슴이 뜨끔했다.

마도(魔道).

이현의 가슴을 뜨끔하게 만든 단어였다.

마치 이현의 모든 것을 꿰뚫고 있다는 듯 의미심장한 웃음부터 시작해서 혜광의 입에서 흘러나온 마도라는 단어까지.

'설마? 내 정체를 들킨 것인가? 하지만 어떻게?'

무당 제자 이현이 아닌 혈천신마라는 정체를 들킨 것은 아닐까 봐 지레 두려워진다.

분명 그럴 건수도 그럴 가능성도 없었건만, 자꾸만 심장이 벌렁거리는 것은 어쩔 수가 없다.

혈천신마라는 정체를 들키는 순간 그대로 모가지 떼이는 건 순식간이다.

하지만.

"청수야."

이현의 불안한 물음에도 혜광은 그 답을 내놓을 생각이 없는 듯했다.

오히려 청수진인에게 시선을 돌린 지 오래였다.

"예. 사숙. 말씀하시지요."

"이제 저놈도 놀 만큼 놀았으니, 데려가야 하지 않겠느냐."

혜광의 말에 청수진인이 스윽 하고 이현을 한번 훑어본다.

그리고 고개를 끄덕였다.

"허허! 그래야겠지요. 안 그래도 오늘쯤 한번 다녀올 생각이었습니다."

"끌끌끌! 그래! 그것 하나는 마음에 드는구나."

이현은 모르는 두 사람만의 이야기를 주고받는다.

"엇! 설마 벌써 가시려고요?"

아니, 심지어 청화도 두 사람의 주고받는 이야기가 무엇인지 아는 눈치였다.

"뭡니까? 지금 절 두고 무슨 이야기를 하고 계시는 겁니까?"

문득 밀려드는 소외감과 불안감에 이현은 세 사람의 대화에 끼어들려고 애를 썼다.

하지만.

"청화야. 너도 함께 가주어야겠구나. 함께 가서 증언을 해 주는 것이 아무래도 좋을 듯싶어."

"헤헷! 네! 알겠어요. 제가 증언 해 드릴게요!"

혜광도 아니고 청수진인조차 이현의 질문을 무시해 버린 채 세 사람만의 이야기를 이어가 버렸다.

그리고 그 모습이 더 이현을 불안하게 했다.

"즈, 증언? 대체 뭐길래 증언씩이나 하는 겁니까? 예?"

혜광은 마도라는 단어를 입에 올리고, 청수진인은 증언 이란 단어를 입에 올렸다.

하나같이 그냥 흘려들을 수 없는 단어들이다.

'뭔데? 일이 대체 어떻게 돌아가는 건데!'

몹시 불안했다.

혹시라도 이들이 이현의 진짜 정체를 알게 된다면…….

죽는다.

'튀, 튈까?'

이현은 진지하게 고민했다.

第二章

　나른한 오후의 햇살이 부드럽게 내리쬔다.

　흙바닥에 털썩 주저앉은 이현의 시선 저쪽 너머로 무당
파를 찾은 참배객들의 모습이 하나둘 들어왔다.

　경건하면서도 들뜬 참배객의 모습은 그야말로 무방비.

　그들은 불과 어젯밤까지만 해도 이현의 참배객 구타 사
건이란 원대한 작전 속의 확실한 먹잇감이었다. 그리고 지
금의 무방비한 모습은 숫제 사냥감이 제 발로 맹수의 아가
리 속에 고개를 들이밀고 있는 형국이나 다름이 없었다.

　'지금이라도 팰까?'

　이현은 고민했다.

패면 바로 참회동행이다. 증인들도 많으니 무당파도 숨길 수가 없을 것이다. 누가 무어라 해도 이건 무조건 참회동행이다.

잘만 후드려 팬다면 무기징역 판결도 받을 수 있을지 몰랐다.

참배객 구타 사건이란 계획에서 이현이 구상했던 최상의 상황이다.

그럼에도 선뜻 먹잇감을 덮칠 수가 없다.

'일단은…….'

이현은 애써 치밀어 오르는 달콤한 유혹을 억눌렀다.

'상황이 모호하니까…….'

어제의 작전대로 나서기에는 상황이 몹시 애매했다.

"꺄르르르르! 나 잡아 봐라!"

"안 돼! 교관님이 경내에선 뛰지 말라고 했잖아!"

"괜찮아. 새 교관님은 그런 말씀 안 하셨는걸?"

갈등하는 이현의 귓가로 들려오는 앳된 목소리.

봄날 알을 깨고 나온 샛노란 병아리가 삐약거리며 마당을 돌아다니듯이, 무당파의 도복을 입은 아이들이 경내를 빨빨 뛰어다니며 재잘거린다.

뎅뎅뎅!

"앗! 시간 됐다!"

그중 한 아이 하나가 시간을 알리는 타종 소리에 이현에게 쪼르르 달려왔다.

그러고는 기대로 부푼 얼굴로 이현의 얼굴을 올려다본다.

"새 사범님! 시간 됐어요! 오늘은 무얼 가르쳐 주실 건가요?"

해맑고 순진한 물음.

"……."

이현은 입을 꾹 다물고 아이의 얼굴을 한참이나 뚫어지게 바라보았다.

그러다 고개를 든다.

'이 몸은 왜 여기에 있는 것인가!'

그리고 스스로에게 의문을 던졌다.

눈앞에 군침 도는 먹잇감인 참배객이 돌아다니는 곳.

그럼에도 이현이 선뜻 계획한 사고를 치지 못하게 하는 애매한 상황.

이현은 고개를 들었다.

진무관(眞武觀)

커다란 건물 현판 위로 용사비등(龍蛇飛騰)한 필체로 새겨진 세 글자가 이현의 눈에 들어왔다.

이현은 다시 한 번 스스로에게 물었다.

'나는 왜 여기에 있는 것일까?'

이현은 무당의 후학을 가르치는 진무관에 떡하니 자리 잡게 된 자신의 존재 미래 가치적인 의미에 대해서 진지하게 고민해야만 했다.

시간이 지날수록 이현의 표정은 점점 더 애매모호해졌다.

"좋은…… 건가?"

이현은 고개를 갸웃거렸다.

                    *   *   *

이현이 자신의 존재 의미에 대한 진지한 고민에 빠지게 한 사건은 정확히 한 시진 전에 벌어졌다.

그리고 그것은 아침 식사 자리에서 이현을 소외시킨 세 사람의 대화가 끝난 뒤 이어진 상황이다.

영문도 모르는 막연한 불안감을 안고, 그저 도망칠 수 없어서 청수진인의 손에 어디론가로 끌려갔다.

그곳이 자소궁이다.

그리고.

자소궁에 들어선 순간 이현은 긴장 상태로 돌입할 수밖에 없었다.

'뭐가 이렇게 많아!'

당장 참회동을 나설 때 보았던 얼굴만 해도 여럿 보인다.

무당파의 실질적인 우두머리라 할 수 있는 장문인도 보였고, 이현을 참회동에 처넣었던 장본인인 집법당주도 보인다. 그 반대편 옆에는 진무관주가 웃고 있었고, 그 밖에도 주(主)자 붙은 고위 인사들이 대전을 가득 채우고 앉아 있었다.

무당파를 이끌어 가는 실세들이 한자리에 모여 있는 곳이니 이현에게는 그야말로 용담호혈이나 다름없는 곳이다.

'만약 내가 혈천신마라는 것이 발각된 것이라면……!'

뇌리를 울리는 경종에 이현은 마른침을 꿀꺽 삼켜야만 했다.

머릿속으로 계산해 본다.

얼추 몇몇은 처리할 수 있을 것 같았다.

비록 공력은 한참 못 미치겠지만, 이현에게는 풍부한 실전 경험이 있었다.

아무리 무당의 중심인물이라 하여도 공력의 격차를 극복할 만한 대상은 있어 보였다.

'우선 무기부터 확보해야 한다. 가장 가까운 저놈이 좋겠군. 그리고 난 다음에 곧장 장문인을 인질로 잡는다. 집법당주와 진무관주가 걸리긴 하지만, 다섯 호흡 안이라면 승산은…….'

머릿속은 이미 구체적인 계획이 들어서고 있었다.

적어도 싸움에 있어서만큼은 이현은 이미 대종사의 반열에 오른 인물이다.

누구를 어떻게 공략하고, 지형지물을 어떻게 이용할지. 그리고 전투 상황을 어떻게 주도해야 하는지를 생각하는 것은 이현에겐 너무나 쉬운 일이었다.

툭.

"무엇하느냐?"

'염병!'

이현의 고민이 깊어지려는 찰라 청수진인이 그의 정신을 일깨웠다.

동시에 이현은 속으로 욕지거리를 삼켜야만 했다.

'태극검제…… 이 인간은……!'

가장 무서운 적이 가장 가까운 곳에 있다.

당장 무기를 확보하기 위해 움직이는 순간 태극검제도 움직일 것이다. 그리고 지금으로써는 그런 태극검제의 손에서 벗어날 수 있을 가능성은 희박하다.

아니, 그럴 가능성은 존재하지도 않는다.

이미 한번 몸으로 뼈저리게 경험해 본 바 있는 이현이기에 그것을 누구보다 잘 알고 있었다.

혜광이 빠진 이 자리에 태극검제는 누구도 넘을 수 없는 커다란 태산(泰山)이요, 하늘이었다.

"어서 인사하지 않고. 무엇하는 게야."

"아, 안녕하십니까. 무당 제자 이, 이현입니다."

청수진인의 말에 이현은 반사적으로 고개를 숙여 장로들을 향해 인사했다.

'아직은 확실한 것이 아니다.'

아직 자신의 정체가 발각되었다는 정황은 없다.

승산이 없는 싸움에 함부로 경거망동의 우를 범할 만큼 이현은 어리석지 않았다.

"허허허! 그래. 그동안 별거 없었느냐?"

그런 이현의 어색한 인사에 의외로 장문인인 청성진인의 반응은 호의적이었다.

"여, 염려해 주신 덕분입니다."

"허허! 다행이구나. 사숙께서 네게 관심을 보인다 하여 내 걱정하였거늘. 다행입니다. 사형!"

이현의 말에 장문인이 고개를 끄덕이며 청수진인을 바라본다.

청수진인은 그런 장문인의 시선에 작게 고개를 끄덕였

다.

"허허허! 다행히 사숙께서 이 아이를 좋게 본 듯합니다. 염려와 달리 자상하게 대해 주시고 계시지요."

"……!"

이현은 눈을 부릅떴다.

사제이나 장문인인 청성진인에게 예의를 차리는 청수진인의 말 속에서 전혀 영문을 알 수 없는 내용이 담겨 있었기 때문이다.

'좋게 본 듯? 사숙께서? 자상하게? 누구를?'

의문이 뇌리를 맴돈다.

분위기상 청수진인이 말하는 사숙이란 사람은 혜광이 분명했다.

그런데 누가 누구를 좋게 봐주고 또 자상하게 대해 주고 있다는 말인지는 좀처럼 알 수가 없었다.

분명 대화의 맥락상으로 보면 혜광이 자신을 좋게 봐서 자상하게 대해 주고 있다는 뜻인 듯하긴 했다.

'이게 무슨 헛소리야!'

순간 이현은 불안한 작금의 상황도 있고 왈칵 일갈을 쏟아 낼 뻔했다.

그만큼 청수진인의 말은 전혀 납득할 수 없는 말이었다.

세상의 누가 사람 좋게 보았다고 사람을 개처럼 부려 먹고, 심심하면 주먹질을 해 댄단 말인가.

그런 정신머리를 가진 위인이 있다면 그 인간은 분명 제 정신 박힌 인간은 아님이 확실했다.

"허헛! 그것참 다행입니다. 사형! 하긴, 본 파의 일에 관심을 두시지 않던 사숙께서 특별히 관심을 보인 아이이니 소싯적과 같이 대하지는 않으셨겠지요. 아마 어쩌면 나이를 드셔서 한결 유해지신 것은…… 아니군요?"

웃음을 지으며 고개를 끄덕이던 장문인은 자신의 말에 어색한 미소를 짓는 청수진인을 보며 이내 말끝을 흐렸다.

아무리 나이가 들었다 해도 혜광은 혜광이다.

괜히 스스로 도호에 미칠 광(狂)자를 집어넣은 위인이 아니다.

그래도 이현에게는 한창때와 같이 대하지 않은 것 같으니 불행 중 다행이라면 다행이다.

그것이 아니었다면 십중팔구 이현은 진즉에 미치거나 해탈하거나 둘 중 하나를 선택해야 했을 것이다.

인사는 끝났다.

"오늘 이 자리에 모인 이유는 여기 있는 모두 알고 있습니다. 사형."

장문인은 곧장 본론으로 넘어갔다.

"예. 이미 말씀드렸다시피 이현이 이 아이는 태극무해심공을 익혔습니다. 허나, 이 아이는 소청단 하나로 대주천을 이루었습니다. 이는 검기를 뽑아내고 단지 비급을 통한 것만으로도 태극혜검을 펼쳐 냈으니 충분한 증명이 될 것입니다. 또한…….”

장문인의 말에 청수진인이 차분히 이야기를 풀어놓았다.

청수진인의 이야기에 여기저기서 감탄 음이 흘러나왔다. 그만큼 이현이 이루어 놓은 일들은 하나같이 그냥 흘려 넘길 이야기는 아니었다.

소청단은커녕 태청단을 얻고도 완기를 이루지 못하는 경우가 태반이었다. 하물며 완기도 아닌 대주천이다. 무당의 역사상 전례가 없는 일이다.

심지어 대주천을 이루었다는 증거로 내건 것은 단지 비급만을 통해 이현이 익혔다는 태극혜검이다.

무당 검학의 최고봉에 놓이는 태극혜검을 비급만 읽고 홀로 익혔다는 것 또한 놀랄 만한 기사라 할 수 있었다.

“허허! 역시 듣고도 믿기지 않을 만한 일이군요. 저 아이가 그만한 무재(武才)를 갖고 있음을 어찌 알지 못하였는지…… 아마 이 같은 성과의 이면에는 청연비무에서의 불상사가…… 이런! 죄송합니다. 사형!”

장문인은 감탄하며 이야기하다 급히 제 말을 삼키며 고개를 숙여야 했다.

이현이 청연비무에서 머리를 다친 것은 무당의 사람이라면 누구나 아는 일이다.

이곳에 모인 장문인을 포함한 모든 장로와 간부들은 이현이 갑자기 이룬 경이적인 무공 성취의 이면에는 그날의 사건이 그 이유라 짐작하고 있었다.

그것이 아니면 이현의 이 같은 성취는 설명할 수가 없다.

화가 복이 되어 돌아온 것이다.

하지만 그것을 이현의 스승인 청수진인의 앞에서 이야기한다는 것은 무례였다.

화가 복이 되어 돌아왔다 한들, 그 화조차 복이 되는 것은 아님을 아는 탓이다.

"허허! 아닙니다. 이미 있었던 일을 어찌 없던 일로 하겠습니까. 개의치 마시지요."

장문인의 실수에 청수진인은 그저 사람 좋은 웃음으로 흘려 넘겼다.

아직 할 이야기는 남아 있었다.

"또한, 이 아이는 무당의 비급들을 통하여 그간 무당이 잊고 있던 기공을 되살렸습니다. 그 이름은 태극구공입니다."

담담한 청수진인의 말에 일순 파란이 일어났다.

"태, 태극구공!"

"무, 무당엔 비급조차 남아 있지 않은 것을 어찌……?"

"지, 진정 태극구공이 맞는 것입니까?"

소요는 이현이 대주천을 이루고 비급만으로 태극검혜를 익혔다고 했을 때와는 비교할 수 없을 정도였다.

전에는 단지 감탄 음을 흘리는 것이 전부였다면, 이제는 각 장로가 앞장서 질문을 던지고 있었다.

이 또한 미리 이야기를 들어 알고 있었지만, 들을 때마다 믿기 어려운 이야기였다.

그들의 의문에 청수진인은 미소 지었다.

그리고.

"확실한 태극구공이었습니다. 제 이름을 걸고 보증하지요."

청수진인은 단정적으로 확언했다.

그 확언엔 한 치의 망설임도 담겨 있지 않았다.

"그, 그 말씀은 과거 사숙께서 한번 시연하셨던 그것과……."

"예! 같은 것이었습니다."

"허!"

장문인은 감탄을 터트렸다.

부릅뜬 두 눈은 도무지 믿기 어려운 듯 경악으로 가득했다.

"혜광 사숙께서 사형에게도 전하지 않아 영영 끊길 것으로만 알았거늘…… 그것을 저 아이가 되살렸다는 말씀이로군요! 홍복입니다! 이는, 무당에 더 없는 홍복이고말고요!"

무당에서 비급조차 남아 있지 않은 태극구공을 익힌 유일한 사람.

혜광.

하지만 성격 모나기로 유명한 혜광은 제자를 두지 않았다. 심지어, 지금의 태극검제인 청수진인을 만들어 내는데 일조하고도 태극구공만큼은 전하지 않았다.

청수진인의 수련이 미약했을 때는 수련이 더디다는 이유로.

청수진인이 경지를 이루었을 때에는 가르쳐 봐야 소용없다는 이유로.

그렇게 영영 무당에서 사라질 기공법이었다.

그런데 그것을 이현이 복원해 냈다.

누구의 가르침도 받지 않고, 심지어 제대로 된 비급서조차 남아 있지 않은 상태에서 말이다.

장문인은 안에서 쏟아져 나오는 감탄을 숨길 수가 없었다.

"허허! 흑사신마(黑砂神魔)의 혈사(血事) 이후 그 맥이 끊길 것이라 아쉬워하던 그것을 저 아이가!"

흑사신마.

지금으로부터 육십(六十) 년 전 중원의 절반을 몰락 직전
으로 몰고 갔던 세외의 마인이다. 당시 그 한 사람 탓에 무
당파 또한 멸문 직전의 위기를 맞이했었다.

비록 그가 마지막 순간 손을 물리고 홀연히 모습을 감추
었지만, 그렇다고 그 피해가 사라지는 것은 아니다.

많은 고수가 죽었고, 많은 무공이 유실되었다.

무당은 선택해야 했다.

오랜 역사를 지닌 전통.

빠른 회복을 위한 변혁.

무당의 선택은 변혁이었다. 힘을 잃은 무당이 강호에서
살아남기 위해서는 어쩔 수 없는 선택이었다.

수련 과정은 단순해졌고, 단시간에 성과를 이루어 내야
했다.

그 노력이 헛되지는 않았다.

지금의 태극검제를 중심으로 새로운 고수들을 배출해냈
고, 현 무당의 성세를 이루어 냈다. 흑사신마로 말미암은
피해를 회복하고, 유실되었던 무공 대부분을 되찾았다.

그 밑바탕에는 뼈를 깎는 노력과 희생이 있었기에 가능
했던 일이다.

그리고.

속성으로 고수를 배출해 내기 위한 과정에서 포기해야 했던 것도 있었다.

그것이 태극구공이다.

태극구공의 이전에는 천화포접공, 구궁장공, 건공구공의 수련이 앞서야 한다. 그 뒤에야 태극구공을 익히고, 그다음에야 널리 알려진 태극권을 익힐 준비가 끝이 난다.

사실상 태극구공이란 태극권을 익히기 전 천화포접공과 구궁장공, 건곤구공의 이치를 종합하여 다시 익히고 확실한 기본기를 다지기 위한 기공법인 셈이다.

혜광이 여러 무공을 전수해 주면서도 여러 가지 이유를 들어 태극구공을 전하지 않은 것도 어쩌면 그 때문인지도 몰랐다.

속성으로 무공을 가르쳐 고수를 배출해 내야 하는 무당의 상황상 이미 익힌 이치를 종합하는 또 다른 기본공을 익힐 여유는 없었던 탓이다.

하지만 지금은 다르다.

과거의 아픔은 씻어 냈고, 이제 속성만 고집할 필요도 없다.

오히려 과거로부터 이어온 전통과 기본을 찾아야 할 때다.

속성은 빠르지만, 그것은 정석이 될 수 없는 탓이다.

그러한 상황에서 태극구공은 항상 무당의 중진들에게 있어서는 아쉬울 수밖에 없는 기공법이었다.

혜광은 알고 있으나, 이제 누구에게도 무공을 전할 생각이 없는지라 영영 유실된 것이나 다름없었던 것이었으니까.

그런데 그것을 되찾았다.

마냥 바라보기만 해야 했던 혜광이 아닌, 기대조차 하지 않았던 일대 제자 이현에게서.

"혹, 볼 수 있겠습니까?"

이번엔 장문인의 질문이 아니었다.

무당의 비급을 관리하고, 어린 제자들에게 무학을 전수하는 총 책임을 담당하는 진무관의 관주 청경진인의 질문이었다.

그의 눈은 이미 흥분으로 물든지 오래였다.

부들부들 떨리는 손은 당장이라도 이현의 팔을 붙잡고 자신의 눈앞에서 시연을 보이라 독촉할 것만 같았다.

"물론, 그러할 생각이었습니다. 청화야."

청경진인의 요구에 청수진인은 크게 고개를 끄덕이고는 청화를 불렀다.

"예!"

청화는 청수진인과 눈을 맞추고는 이내 힘차게 앞으로

나섰다.

"안녕하세요. 사형들? 청화예요!"

꾸벅 인사를 해 보이고는 목공을 들고 시범을 보인다.

인체를 타고 흘러내리는 목공은 끊어지는 법 없이 부드럽게 청화의 몸을 타고 돈다. 청화는 보폭을 빠르게 하고, 때론 느리게 하며 목공과 한 몸이 되어 움직였다. 때로는 위로 빠르게 던지고 다시 받아내기도 하고, 때로는 크게 원을 그리며 돌기도 했다.

어설프지만 그것은 분명 이현이 청화에게 가르쳐 준 건곤구공.

아니, 태극구공이었다.

"허허! 맞습니다! 제 기억이 틀리지 않았다면 저것은 분명 태극구공입니다!"

"그래요! 태극구공입니다! 진정…… 진정 저것은 태극구공이 확실합니다!"

장로들 사이에서 감탄이 쏟아져 나온다.

하나같이 어린아이처럼 기쁨을 숨기지 못하는 모습이었다.

'뭐냐? 이 상황은?'

내내 대화의 중심에서 벗어나 있던 이현은 눈알을 굴리며 주위의 반응을 살폈다.

바짝 베어 있던 긴장과 경각심은 사라져 버린 지 오래다.

'이거 분위기 괜찮은데?'

혹여나 혈천신마였던 자신의 정체가 드러날까 경계하고 있었다.

하지만 돌아가는 상황을 보니 오히려 정반대다.

대충 자신이 알고 있는 무당의 유일한 기본공의 이름인 건곤구공이라 명명했던 것이 실은 오래전 사라진 태극구공이라고 했다.

그리고 청화가 직접 나서 시범을 보이는 것을 보는 장로들의 반응도 열광적이다.

'이거 상이라도 받을 분위긴데?'

불과 어제까지만 해도 어떻게든 참회동에 다시 들어가기 위해 무슨 사고든 벌일 각오가 되어 있었던 이현이지만, 상황이 이렇게 돌아가면 이야기는 또 달라진다.

'뭐 받고 싶냐고 하면 뭐라고 대답하지? 집이라도 하나 달라고 할까? 지금 분위기면 그 정도는 충분히 들어 줄 것 같은데?'

이렇게 열광적인 분위기라면 충분히 가능할 것 같았다.

아니, 이 자소궁이라도 내어 줄 분위기다.

그렇게만 되면 지긋지긋한 뒷수발은 안녕이다. 혜광의 무조건적인 핍박과 폭력, 노동력 갈취도 끝이다.

아무리 배분상 어른이라도 집주인 권력이란 것도 무시할
수는 없으니까 말이다.

기분 좋은 상상에 이현이 빠져 있을 때.

"이현아."

다정한 목소리가 이현을 불렀다.

진무관주 청경진인이었다.

"예! 무당 제자! 이현!"

기대감으로 가득 찬 이현의 목소리가 밝고 힘 있게 터져
나왔다.

그런 이현의 태도에 청경진인의 목소리에도 기대감이 담
겼다.

"직접 보여 줄 수 있겠느냐? 직접 보고 싶구나!"

"물론이죠!"

이현은 당연히 사양하지 않았다.

'기회는 왔을 때 잡아야 하는 법!'

잘만 보이면 독립할 수 있을지도 모른다. 혜광의 마수에
서 벗어날 수도 있고, 잘만 하면 밤마다 몰래 등도촌의 외
유를 다시 할 수 있을지도 모른다.

"헤헷! 자! 여기! 긴장하지 말고 힘내!"

청화의 응원을 뒤로하고 건네받은 목공을 바라보는 이현
의 입가에는 웃음이 가득했다.

'자! 시작해 볼까?'

쿵!

부푼 기대로 내딛는 첫 발에 대전이 뒤흔들렸다.

휘이이이이익!

목공이 스스로 자전한다. 그 회전력에 대기가 소용돌이 친다.

'밀고 당긴다. 핵심은 균형! 인력과 척력이 합쳐지면 균형이다. 이루어진 균형은 멈춰 있으나 움직이고, 움직이나 멈춰 있는 것과 같다!'

들뜬 마음으로 시작했으나 시범을 보이는 이현의 마음은 더없이 진지했다.

무공에 있어서만큼은 진지해지는 것.

그것은 혈천신마의 본능과도 같았다.

물론, 마냥 진지하기만 한 것은 아니었다.

목공은 거친 야생마처럼 날뛰었다. 그러나 이현은 빠르고 직선적인 움직임보단 느리고 부드러운 움직임을 택했다.

'음!'

그리고 조용히 힘을 끌어 올렸다.

"오오옷! 권기(拳氣)가!"

"아니, 저건 장력(掌力)이라 보아야 하는 것이 맞을 듯싶습니다만?"

"저게 무슨 장력이오? 권기도 아니고 그냥 검기 그 자체로구먼!"

이현의 손끝을 시작으로 해서 어느새 전신으로 그리고 마침내 목구까지 휘감은 푸른 기운을 갖고 저마다 의견이 분분하다.

과한 일이다.

혈천신마 때에도 이런 일은 하지 않았다.

그땐 그럴 필요가 없었다.

유치한 일이었다.

그럼에도 이현은 지금 이 순간만큼은 스스로 드러내는 것을 택했다.

'지금 아쉬운 것은 저들이나, 후에 아쉬운 것은 나다!'

그렇기에 보여주어야 한다.

아무리 하찮은 것이라도 대단하게 보여야 하고, 실제로 대단한 것이라 해도 더 대단한 것으로 보여야 한다.

파스스스슷!

이현은 스스로 목공을 휘감았던 기운을 풀어냈다. 이윽고 상반신을 감싸던 기운 또한 서서히 사라지기 시작했다.

'저들이 진정으로 원하는 것은 나의 성취가 아니다!'

이현은 본질을 잊지 않았다.

오늘 이 자리에 온 이유.

기운을 이끌어 놀라움을 이끌어 냈다.

하지만 그것은 단지 포석(布石)일 뿐이다.

기대치 않았던 제자의 기대 이상의 무위.

이목을 집중시키고 잠깐의 놀라움을 심어 주는 것은 그것으로 충분했다.

포석이 끝났으니 유치한 힘자랑은 이제 필요 없다.

진짜는 지금부터다.

'보아라! 이것이 너희가 원하는 태극구공이다!'

쿵!

또다시 강하게 진각을 밟았다.

강력한 진각에 대전을 가득 채운 대기는 금방이라도 터져 나갈 듯했다.

그와 동시에.

이현은 명치 끝에 머문 목공을 감쌌던 두 손을 좌우로 엇갈리게 펼쳤다.

화아아아아아악!

이현의 강력한 진각에 금방이라도 터져 나갈 듯 팽창했던 대기가 빠른 속도로 수축하며 거친 소용돌이를 일으켰다.

목공은 이제 의지할 곳이 없다.

땅으로 추락해야 한다.

그것이 만물을 지배하는 세상의 이치다.

하지만.

화아아아아악!

목공은 여전히 떨어지지 않았다.

이현의 명치 끝에 머물러 스스로 회전하며 그 자리 그대로 떠 있을 뿐이었다.

어떤 기운도 깃들지 않고도 세상의 이치에서 벗어났다.

툭!

회전하던 목공이 힘을 잃고 땅으로 떨어져 내린 것은 그로부터 잠시의 시간이 흐른 뒤였다.

"……."

이현이 기운을 일으켰을 때만 해도 분분히 오갔던 의견은 없었다. 여기저기서 터져 나오던 감탄성도 터져 나오지 않았다.

오히려 깊은 침묵만이 장내를 무겁게 내리누르고 있었다.

팽팽한 긴장감이 주위를 맴돌았다.

그리고 이현은 속으로 득의의 미소를 지었다.

'됐군!'

성공이다.

저들이 바라던 태극구공이 얼마나 대단한 기공법인지, 또 얼마만큼의 가능성을 가지고 있는 것인지 확실히 각인시켰다.

그리고.

"허, 허허! 허허허허허!"

그러한 이현의 짐작이 틀리지 않았다는 듯 웃음이 터져 나왔다.

놀람과 경의, 그리고 반가움이란 감정이 뒤섞인 웃음의 주인은 장문인인 청성진인이었다.

청성진인의 웃음이 장내를 무겁게 짓누르던 침묵을 씻어 내었다.

"정중동(靜中動) 동중정(動中靜)이라! 본 파 무학의 시작과 끝이 여기에 다 들어 있습니다. 진무관주께서는 어찌 보셨습니까?"

"예. 태극구공은 이미 그 자체로 절학이라 하여도 부족함이 없을 정도였습니다. 저는…… 좋습니다!"

장문인의 찬사에 진무관주가 고개를 끄덕이며 찬사를 더했다.

무당의 모든 무학이 담긴 비급을 관리하고, 어린 제자들에게 무학을 전수하는 일의 큰 축을 담당하고 있는 진무관주다.

그의 말이니 틀림이 없을 것이다.

"집법당주께서는 어찌 생각하십니까?"

진무관주의 동의에 장문인은 집법당주에게 다시 질문을 건넨다.

"눈이 있으니 무슨 수로 부정할 수 있겠습니까. 저는…… 동의하겠습니다."

집법당주 또한 굳게 고개를 끄덕였다.

'역시!'

분위기가 좋다.

직접 시연해 보인 태극구공은 예상대로 저들에게 확실히 각인되었다.

이현은 속으로 웃음 지었다.

'이제 남은 것은 상인가?'

심심해서 태극구공을 펼쳐 보였던 것은 아니다. 그랬다면 유치한 힘자랑도 하지 않았다. 전력으로 태극구공을 펼쳐 보이는 일은 더더욱 없었다.

그럼에도 했다.

무당은 태극구공을 잃었었다. 그것을 되찾아 주었으니 응당 상을 내려야 함이 맞다.

이현은 그 상으로 반드시 받아내야만 하는 것이 있었다.

"허허! 그럼 제가 대표로 진행하여도 되겠는지요?"

이현이 속으로 웃음을 짓고 있을 때.

장문인이 장로들의 허락을 구했다. 장로들은 말없이 고개를 끄덕이는 것으로 자신들의 의사를 전했다.

"이현아. 정말 큰 공을 새웠구나. 무당을 대표하여 내가 직접 고맙다는 말을 전하고 싶구나."

"고맙다니요! 저 또한 무당의 한 사람이 아니겠습니까! 응당 해야 할 일을 했을 뿐입니다!"

다정한 장문인의 부름에 이현은 힘차게 고개를 저으며 겸양을 떨었다.

그러나 목소리에는 이미 기대가 가득 담겨 있었다.

'자! 상을 내려라!'

"상을 내리마!"

이현의 기대에 보답이라도 하듯 장문인의 목소리가 울려 퍼졌다.

"무당 제자 이현! 장문인의 명을 받들겠습니다!"

이현의 귀에는 꿀처럼 달콤한 목소리다.

'이제 자유다! 혜광 그 미친 노인네도, 태극검제 이 변태 늙은이도 안녕이다!'

이현은 이미 원하는 바가 확실했다.

모진 핍박과 노동력 착취 폭행과 감시에서 벗어나 진정

한 자유를 찾을 수 있는 것.

오직 그만을 위한 새로운 거처.

모욕!

그리고 진정한 자유!

'잃어버린 무공을 찾아주고 모옥 하나쯤이면 소박한 것이지! 암!'

이제 장문인의 입이 열리면 새로운 거처를 달라고 이야기할 계획이었다.

이현은 마음속으로 간절히 장문인이 어서 빨리 다음 말을 시작하기를 독촉했다.

'물어라! 원하는 것이 무엇인지!'

그리고 이현의 기대처럼 장문인의 입술이 달싹인다.

그런데.

"유예기간 일 년을 철폐한다! 또한, 이현은 진무관의 모든 서고를 열람할 수 있도록 할 것이며, 본인이 요청하면 언제든 소청단을 내주도록 하겠다. 그리고 진무관의 어린 제자들을 가르칠 수 있는 교관의 지위를 수여한다!"

"예?"

발표가 끝나는 순간 이현의 입에서 당황한 음성이 흘러나왔다.

파격적인 조건이다.

특히 무당의 무학이 잠들어 있는 진무관의 모든 서고를 열람할 수 있도록 허락한 것과, 언제든 원하는 때에 소청단을 내주겠다는 것은 더욱 그랬다.

이 정도의 상을 받으려면 적어도 한 성을 쥐고 흔드는 마두 두엇 잡아온다고 해도 기대하기 어려울 것이다.

하지만.

'집은? 자유는? 독립은?'

그것들은 이현이 원하는 것이 아니다.

보통제자들에게는 그 어떤 것보다 받고 싶은 상이었을지 몰라도 이현은 아니다.

무공 지식이라면 이미 혈천신마 때부터 쌓아온 것만 해도 진무관의 서고를 가득 채우고도 남을 것이다.

소청단도 필요 없다. 소청단 하나 잘못 먹었다가 죽을 고비까지 넘기고 혼원살신공까지 빼앗긴 마당이다. 소청단이라면 이가 갈린다.

"이상!"

기대와는 전혀 다른 전개로 이현이 공황상태에 빠져 있을 때.

장문인은 모든 상황을 정리해 버렸다.

이래서는 안 된다.

"저, 저는 그런 과한 것보다는……."

이현은 급히 입을 열었다. 어떻게든 모옥을 얻어내야 한다. 그래서 독립해야만 혜광의 마수에서 벗어날 수 있다. 밤마다 등도촌에서의 일탈을 즐길 수 있다.

"어허! 과하다니! 본문에서 사장될 위기에 처했던 무공을 되찾아 낸 것이 아니더냐! 내 마음 같아서는 태청단이라도 내주고 싶으나, 본문의 처지가 이를 받쳐 주지 못하여 오히려 미안하구나."

어떻게든 상황을 되돌리려는 이현의 말이 시작되기 무섭게 장문인이 말을 가로막아 버렸다.

이대로 끝낼 수는 없다.

"하오나 그것은 제게……."

"허허허허! 괜찮으니 걱정치 마라. 네게는 그만한 자격이 있으니 전혀 과하다 여기지 말아야 할 것이야."

"그러니까 제게는 그것들이 전혀……."

"허허허! 그래. 안다! 부담스럽겠지! 허나, 무당은 상벌이 정확한 곳이다. 죄를 지었으면 벌을 내리고, 공을 세웠으면 상을 주는 것이 마땅한 법이 아니겠느냐. 부담스럽더라도 네게 그만한 상을 내리는 것은 마땅히 우리 무당파가 해야 할 도리인 게야."

"아니, 제 말은 그런 것이 아니옵고……."

"허허! 괜찮아! 괜찮대도!"

말만 하면 장문인이 잘라 먹는 통에 무슨 말을 할 수가 없다.

화가 쌓였다.

'괜찮긴 개뿔! 내가 안 괜찮다고 이 벽창호야!'

당장에라도 버럭 소리를 치고 싶은 심정이다.

아니, 할 수만 있다면 이곳 무당파에 있는 도사란 도사는 죄다 베어 버리고 싶은 심정이었다.

그럼에도 참아야 한다.

지금 이 자리에서 정신 놓고 날뛰었다가는 그 자리에서 모가지가 뎅강 날아갈 것이 뻔했다.

이현은 초인적인 인내력으로 목구멍까지 치민 욕지거리를 씹어 삼켜야만 했다.

"제! 말은! 그것이! 아니라! 제게 소청단이나 비급 같은 것은……."

당장에라도 욕한 사발 쏟아 내고 싶은 충돌을 억지로 찍어 누르느라 이현은 한 음절 한 음절 뚝뚝 끊어서 입 밖으로 흘려내야 했다.

"어허! 괜찮다니까! 받아 두거라! 받아 둬!"

이번에도 장문인이란 작자는 이현의 말을 끊어 먹고 있었다.

"허허허! 어찌 이리도 겸손하단 말이냐! 허나, 과례(過

禮)는 비례(非禮)와 같은 것! 한 번만 더 이에 대해 왈가왈부한다면 이는 본 장문인과 우리 무당파의 위신을 업신여기는 것으로 알 것이니, 그리 알거라!"

그것도 모자라 이현이 더는 어떤 말도 하지 못하게 입을 막아 버렸다.

"끙!"

벙어리 냉가슴 앓듯 이현은 입을 꾹 다무는 수밖에 없었다.

"허허허! 축하한다. 아주 잘했구나!"

"사질! 축하해! 이제 나 없어도 비급도 마음대로 볼 수도 있고, 소청단도 얻고, 교관 자리까지 얻었네? 헤헷! 정말 잘 됐다."

누구는 속에서 천불이 치솟는데 청수진인과 청화는 옆에서 축하한다고 난리다.

으득!

이현은 이를 악물고 눈을 닫았다.

'축하는 염병!'

결국, 태극구공을 되살린 상으로 전혀 쓸데없는 것을 받아 버렸다.

분기를 참기 위해 꽉 쥔 이현의 주먹은 부르르르 떨려 왔다. 아니, 온몸이 떨렸다.

무엇보다 이현을 화가 나게 하는 것은.

　"허허허! 저리도 좋을꼬?"

　부르르 떠는 이현의 모습을 멋대로 감격으로 착각해 버린 장문인의 흡족한 목소리였다.

第三章

　'좋기는 개뿔!'

　아무리 다시 생각해도 열 받는다.

　'쓸데없는 것만 귀찮게 잔뜩 쥐여 줘 놓고는!'

　전혀 원치 않은 보상이었다. 아니, 진짜 받기 싫은 것들
만 골라서 받은 것 같았다.

　이렇게 보면 당장에라도 눈앞에 지나가는 참배객들을 덮
쳐야 옳았다. 원래의 계획대로 시원하게 한 대 갈기고 참회
동에 갇히는 것이야말로 최선인 듯 보였으니까.

　그런데도 그렇게 하지 못하는 이유.

　"애매하단 말이야……?"

이현의 심정을 자꾸 애매하게 만드는 이유는 따로 있었다.

교관이 됐다.

"애들 가르치는 건 확실히 귀찮아."

그건 확실했다.

청화 하나 가르치는데도 하루에 열두 번도 넘게 속에서 천불이 치솟는다. 하물며 이번에 이현에게 배정된 아이들은 청화보다 어린 여덟 살 일곱 살 나이의 아이들이다.

아직 가르치진 않았지만 아마 청화보다 더 다루기 귀찮고 짜증이 날 것이다.

무엇하나 좋을 게 없다.

"그런데 덕분에 집안일은 안 해도 된단 말이야?"

교관이란 직책은 장문인이 내렸다.

하루에 최소 네 시진 이상.

이현은 의무적으로 장문인의 명에 따라 자신에게 배속된 아이들을 가르쳐야 한다.

그리고 그 시간은 혜광과 청수진인에게서 벗어날 수 있는 시간이기도 했다.

주먹질이 날아오지도 않고, 폭언과 핀잔을 들을 필요도 없다. 머물기 싫은데도 하는 수 없이 가시방석 같은 자리에 머물 이유도 없다.

합법적으로.

"그래! 합법적으로 나는 자유란 말이지?"

심지어 하루 최소한의 시진만 정해져 있을 뿐, 최대한의 시간은 정해지지 않았다는 것도 중요했다.

"잘만 하면 합법적으로 하루 절반을 농땡이 칠 수 있다는 말이지?"

하루 열두 시진을 농땡이 필수도 있지만, 그렇게 하면 눈치가 보인다. 눈치껏 적당히 하루 절반인 여섯 시진 정도가 이현에게 허락된 시간일 것이다.

"반쪽짜리 성공인가?"

모옥을 얻고 독립해 완전한 자유를 꿈꿨지만, 결과는 여섯 시진의 반쪽짜리 자유다.

그런데 그것을 또 마냥 싫다고 내팽개치기는 또 모호했다.

"참회동 들어가는 것과도 별 차이 없을 테고……."

아무리 머리를 굴려 계산해 봐도 참회동을 들어가는 것과 진무관에서 하루의 절반을 보내는 것과 그다지 차이가 있어 보이지 않는다.

둘 다 장단점은 있다.

어느 것이 좋다 나쁘다 판단하기 어려울 만큼의 차이다.

"그래! 좋게 생각해 보자. 좋게!"

이현은 애써 마음을 다잡았다.

혼란스러운 마음을 다잡고 나니 그제야 그에게 배정된 아이들의 모습이 보인다.

이리저리 뛰노는 아이들의 모습에 이현은 피식 웃음을 지었다.

"뭐, 심심풀이로 가르쳐 보는 것도 나쁘진 않겠지."

귀찮고 짜증 날 것이다.

그래도 할 일 없이 시간을 보내는 것보단 나을 것이다.

마음을 다잡으니 의욕이 생겼다.

"이참에 고수나 찍어 내 보지 뭐!"

혈천신마의 가르침이다.

비록 정식으로 무당파의 식구라 부를 수는 없지만, 아이들은 무당의 엄정한 심사를 걸쳐 근골과 잠재력을 일정 부분 인정받아 이 자리에 온 아이들이다.

운 좋게 무당파에 들어온 청화와는 다를 것이다.

못 할 것도 없어 보인다.

"얘들아! 수업 시작하자!"

이현이 의욕적으로 팔을 걷어붙이고 나섰다.

그리고.

그로부터 반 시진 뒤.

"흐애애앵! 나 안 해!"

"흐아아앙! 교관님 저 넘어졌어요. 여기랑 여기 피나요. 흐아아아앙! 아파요!"

"싫어! 동철이는 안 할 거야! 교관님 미워!"

의욕적으로 수련을 시작한 지 불과 반 시진 만에 진무관 수련장은 난장판으로 화해 버렸다.

몇몇은 수련이 힘들다고 울고, 또 몇몇은 수련하다가 피 조금 봤다고 운다.

어디 그뿐인가.

잘 따라오다가 뜬금없이 패악을 부리는 아이가 있는가 하면, 한쪽에서는 죽는다고 울어 대도 관심 없이 수련은 뒷전으로 미뤄 놓고 저들끼리 놀기 바쁜 애들도 있다.

"아주 오합지졸(烏合之卒)이구만!"

이현은 불쑥 솟는 관자놀이를 지그시 눌렀다.

머리가 지끈거렸다.

"시끄러워엇!"

결국, 참다못한 이현이 버럭 소리를 내질렀다.

어차피 자신보다 배분이 높은 청화를 가르치는 것도 아니니 애써 화를 참을 필요도 없다.

이현은 확신했다.

'적어도 저것들 앞에선 내가 갑이다!'

가르치는 입장에, 배분도 한참 앞선다. 더욱이 교두라는 정식 직위까지 가지고 있다.

거칠 것이 없다.

뚝!

이현의 고함에 거짓말처럼 소란이 멈췄다.

"……히끅! ……히끅!"

놀란 아이들이 저마다 하던 일을 멈추고 울음을 삼킨다.

중구난방 오합지졸의 난장판이었던 진무관 연무장은 대통합의 기적을 이루어 냈다.

그리고.

이현이 불러온 대통합의 기적은 여기서 멈추지 않았다.

"우아아아아앙! 교관님 무서워! 나 집에 갈래!"

약속이라도 한 듯 동시에 운다.

마치 한 사람이라도 된 듯 동시에 같이 울고 집에 가겠다고 강짜를 부린다.

"염병! 사고 칠까?"

울음바다로 변한 연무장의 모습에 이현은 다시 한 번 진지하게 작전 중지 중인 참배객 구타 작전을 재개할지 말지에 대한 진지한 고민에 들어가야만 했다.

*   *   *

일개 제자가 무당의 사라져 가던 기공법을 되살렸다. 어떠한 비급도 남아 있는 것 없이 홀로 이룩해 낸 성과다.

뿐만이 아니다.

아직 약관에도 못 미치는 나이에 그 익히기 어렵다는 태극무해심공을 가지고 대주천을 이루었다. 단지 비급만으로 무당 검공의 정점이라 할 수 있는 태극혜검까지 익혔다.

무당의 역사를 통틀어도 손에 꼽을 만한 대사건이었다.

이제 무당파에서 이현의 이름 두 글자를 모르는 사람은 없다.

시선도 바뀌었다.

전에는 있는 듯 없는 듯 무관심했던 시선이. 아니, 경멸과 멸시까지 뒤섞여 있던 시선은 사라졌다.

대신 이제는 경외와 부러움. 감탄과 선망으로 가득 찬 시선으로 바뀌었다.

말투도 바뀌었고, 행동도 바뀌었다.

먼저 다가와 말을 걸고 친절을 베풀며 대화를 걸어온다.

비록 앞에서 이야기하는 이들은 없었지만, 성급한 이들은 벌써 이현을 무당의 새로운 신성으로 입에 올리고 있는 모양이었다.

'무당의 신성이고 나발이고……!'

그러나 이현은 그마저도 전혀 기쁘지 않았다.

"또 소동들을 울렸다지요?"

소박한 집무실에서 마주한 사내의 물음에 이현은 입술을 깨물었다.

서른 초반의 얼굴.

소동들. 그러니까 무당의 무학을 배우는 어린아이들과 그들을 가르치는 각 조의 사범들을 책임지는 교관.

교두(敎頭) 다현(多玄).

사적으로는 이현에게는 사형뻘의 인물이다.

전날 이현이 가르치는 소동들을 울렸다는 죄목 아래 불려 온 참이다.

'무슨 사내놈의 말투가!'

그의 조용한 물음에 이현은 오싹 소름이 돋아났다.

목소리 자체는 잔잔하게 깔리는 저음이다. 문제는 이 소름 끼치는 말투다.

"어린 소동이에요. 부모와 떨어져 본 파의 제자가 되기 위해 이 무당을 찾아온 아이들이지요. 그런 가여운 아이들을 울리면 좋은 교관일까요? 나쁜 교관일까요?"

"큭!"

다정한 물음에 이현은 삐져나오는 신음을 애써 씹어 삼켜야만 했다.

손발이 오그라든다.

낯간지럽고, 소름이 돋는다.

혈천신마 때나 지금의 이현일 때나 살아생전에 이런 식으로 훈계를 받을 것이라고는 상상도 해 본 적이 없었다.

'이건 완전 애 취급이니!'

세 살배기 어린애를 훈계하는 말투다.

벌써 몇 번이나 들었던 말투건만 이것만은 도무지 적응되지 않는다.

이현은 그저 지금 이 순간이 빨리 지나가기만을 간절히 기도했다.

하지만 다현은 기어코 이현의 대답을 들을 작정인 모양이었다.

"우리 이현 사제가 왜 대답을 하지 않을까요? 소동들을 울리면 나쁜 교관일까요? 좋은 교관일까요?"

대답을 강요하는 물음에 이현도 침묵만을 고집할 수는 없는 노릇이었다.

아무리 공을 세우고 교관의 자리에 들어와 앉은 이현이라도, 상대는 사형이고 모든 교관을 책임지는 교두였다.

"나, 나쁜 교관입니다…… 으득!"

속에서는 욕지거리가 터져 나올 것 같음에도 이현은 그렇게 대답할 수밖에 없었다.

"그럼 앞으로 우리 가여운 소동들을 울릴 거예요? 안 울릴 거예요?"

"아, 안 울리겠습니다!"

기어코 이현의 항복을 받아 내고 만다.

"잘했어요! 우리 이현 교두님께서는 착한 교두님이시니까 다시는 아이들을 울리지 않을 거라고 믿겠어요. 잘하실 수 있으시죠?"

한 번만 더 소동들을 울렸다가는 궁둥이라도 두드릴 기세다.

"예!"

이현은 급히 대답했다. 빨리 이곳에서 나가고 싶다. 전혀 다른 의미의 괴로움을 선사하는 이 공간에 한시라도 머무르고 싶은 마음은 전혀 없었다.

그러자면 다현이 원하는 대답을 내놓아야 한다.

다현의 입가에 빙그레 미소가 머물렀다.

"좋아요. 그럼 오늘도 힘내서 아이들을 가르쳐 보아요."

여전히 소름 돋는 독려를 받은 이현은 눈을 질끈 감았다.

'저놈의 말투는!'

어찌 되었든 탈출이다.

이현은 그제야 다현의 집무실에서 탈출할 수 있었다.

드르르륵!

막 집무실 문을 열고 나왔을 때다.

'염병!'

이현은 또다시 와락 인상을 찡그려야만 했다.

'오늘 마가 끼었나.'

아직 오늘의 불운은 끝나지 않은 듯했다.

"이제 나왔어?"

다현의 집무실 밖에서 이현이 나오기만을 기다린 듯한 반가운 목소리.

"자! 빨리 가자! 오늘도 소동들이랑 놀아야지!"

해맑게 웃으며 이현을 반기는 목소리의 주인은 청화였다.

다현의 소름 돋는 말투로 이어지는 훈계만큼 이현을 괴롭게 하는 것.

청화다.

청화는 기어이 소동들을 가르치는 시간까지 침범하고 있었다.

반쪽짜리 자유가 위협당하고 있다.

＊　　　＊　　　＊

무당에서 가장 자유로운 사람은 청화다.

나이는 어려도 배분만큼은 장문인을 비롯한 각 각주나 장로들과 동급이다. 무공을 가르쳐야 할 그녀의 스승은 이미 우화등선한 지 오래인 데다가, 그녀의 사형인 청수진인은 그녀에게 특별히 무공을 가르칠 생각이 없어 보인다.

어디를 가든 막을 수 없다.

넘치는 것이 자유 시간이다.

그러니 청화야말로 이 무당파에서 가장 자유로운 영혼이라 할 수 있었다.

물론, 그 자유로운 영혼이 들러붙은 이현에게는 이 상황이 참으로 마음에 들지 않았다.

진무관의 연무장까지 당당히 침범하기 시작한 그녀로 인해 이현은 자신의 자유가 위협받고 있음을 알고 있었다.

적어도 그녀가 보고 있는 상황에서 아무것도 하지 않고 마냥 시간을 보낼 수만은 없는 일이다. 최소한 기초 무공을 가르치는 시늉이라도 해야 한다.

그렇지 않으면 청수진인과 혜광에게 이야기가 흘러들어 갈지도 모른다.

그러니 청화는 물론, 자신에게 속한 소동들 또한 가르쳐야 한다.

물론, 거기에도 짜증 나는 제약은 있었다.

소동들을 울려서도 안 된다.

만약 한 명이라도 울리는 순간에는 곧장 다현에게 불려가 또다시 소름 돋는 훈계를 들어야 할 것은 자명했다.

의욕적으로 강도 높은 수련을 시키자니 울음보를 터트릴 것이고, 그렇다고 아무것도 가르치지 않고 시간만 축내자니 청화의 보는 눈이 무섭다.

'그다지 하고 싶진 않은데, 해야 하는 더러운 상황이란 말이지.'

이현은 객관적으로 현실을 파악하고 있었다.

수련의 강도는 약해졌고, 가르치는 무공의 수준은 현저히 떨어졌으며, 이현의 의욕도 날로 저하되어 가고 있었다.

그렇게 며칠이 지났을 무렵이었다.

"우와! 멋져요!"

"나도! 나도 하고 싶어요!"

소동들의 입에선 연신 감탄이 흘러나왔다.

"안 돼. 너희는 아직 어려서 이런 건 못 하는걸? 이건 보기보다 진짜 어려운 수련이야. 나도 이렇게 익히는 데 한 달이나 걸렸다고."

그 감탄에 청화는 자랑하듯 콧대를 높인다.

청화가 소동들에게 보인 태극구공에 소동들이 감탄하고 있는 것이다.

"우와! 진짜 대단하다!"

"나도 언젠가 꼭 하고 싶어!"

청화의 자랑 섞인 대답에 소동들의 얼굴에도 의욕이 샘솟는다.

'놀고 있다.'

물론, 이현은 그 광경을 한심하게만 보일 뿐이다.

'그게 뭐 어렵다고. 그걸 자랑하는 년이나, 또 그걸 대단하다고 떠받드는 애들이나…… 하긴, 저것들한텐 건곤구공도 멀었으니.'

이현의 입장에서 태극구공은 사흘만 익히면 누구나 할 수 있는 기초 중의 기초였다.

그것을 한 달이나 걸렸다는 것은 그야말로 소질 없는 둔재라는 이야기다.

'하긴, 쥐똥이나 메추라기 똥이나.'

그것을 자랑이랍시고 이야기하는 청화나, 또 그런 청화를 마치 대단한 사람인 냥 대하는 아이들의 모습이나 같잖기는 마찬가지다.

그때였다.

"저…… 저도 그거 익히면 강해질까요?"

소동들 중 하나가 조심스럽게 청화에게 질문을 꺼냈다. 이현의 기억이 틀리지 않았다면 동철이란 이름의 아이일 것이다.

이현이 가르치는 소동 중에서도 유독 눈물이 많고 겁이 많은 아이였다.

"응? 강해지다니? 왜?"

"무당의 무공은 최고잖아요."

청화의 물음에 동철은 고개를 숙이며 대답했다.

"응! 그렇지! 사형들이 그랬어! 무당의 무공은 최강이라고!"

청화는 밝게 웃으며 고개를 끄덕였다.

하지만 동철의 얼굴은 좀처럼 밝아질 기미가 보이지 않았다.

"그런데 저희는 맨날 져요."

"응? 지다니?"

"무당산 밑에 놀러 가면 거기 있는 애들한테 맨날 져요. 어제도 졌어요. 이제 등도촌엔 놀러 오지 말래요. 또 자기들 허락 없이 놀러 오면 때릴 거래요."

동철이 시무룩한 얼굴로 대답했다.

'호오!'

그런 동철과 청화의 이야기에 이현은 관심이 생겼다.

'대충 돌아가는 이야기는 알겠는데……'

무당파의 소동들은 앞으로 어떻게 하느냐에 따라 속가 제자가 될 수도 있고, 본산 제자나, 기명 제자가 될 수도 있는 아이들이다.

하지만 정식으로 말하자면 아직까진 무당파의 제자라고는 할 수 없다.

정확히 말하자면 이들은 속가 제자와 본산 제자들을 뽑은 뒤 남은 아이들이다. 전 중원에서 고르고 고른 아이들이지만, 본산의 제자로 들이기에도 속가 제자로 들이기에도 그 재능이 애매하다 판단된 아이들인 셈이다.

대부분 이런 아이들은 몇 년 뒤 어디에도 발탁되지 못하고 무당파를 떠나는 것이 보통이다.

그렇기에 무당파도 소동들에게 강한 규율을 적용하지 않는다.

원한다면 언제든 등도촌을 오갈 수 있다. 그것이 아니더라도 열흘에 한 번은 정식으로 등도촌을 오갈 수 있는 휴일이 정해져 있다.

정식으로 무당파에 속한 아이들은 아니지만, 그래도 무당과 연이 닿은 아이들이다. 적어도 등도촌에서 만큼은 아이들이 위험해질 일은 없을 것이기에 가능한 일이었다.

문제는.

아이들이란 점이다. 그리고 등도촌에도 아이들은 있다.

어른들이야 무당파가 무서워서라도 소동들을 건드리지 않지만, 아이들은 그런 것을 알지 못한다.

그냥 산 위에서 가끔 내려오는 또래 아이들일 뿐이다.

편 가르기와 텃세가 있을 수밖에 없다.

어쩌면 어느 마을이나 있을 법한 전쟁놀이일 수도 있다.

그것은 아이들끼리의 일이다.

무당은 관여하지도 관여할 수도 없다.

애들 싸움에 끼어들어 어른 싸움으로 만드는 것만큼 모양새 빠지는 일은 없었으니까.

'거기 애들한테 맞았다는 말이겠지.'

등도촌 마을 애들에게 싸움에서 진 것이다. 아니, 분위기를 보아하니 지금까지 줄곧 등도촌 아이들에게는 상대가 되지 않았음이 분명했다.

이현이 그렇게 대략적인 분위기를 유추하고 있을 때였다.

"바보야! 그건 그 아이들이 강해서 그런 게 아니야. 우리가 양보해 준 거라고! 무당파에서 무공을 배운 우리가 진짜로 싸우면 큰일 나니까!"

동철이란 아이의 말에 또 다른 소동이 목소리를 높였다.

여소소라는 여자아이다. 이현이 가르치는 소동들 중에서도 몸집은 가장 작지만, 자존심은 가장 높은 아이다.

여소소의 말에 소동은 어깨를 움츠렸다.

그러면서도.

"그, 그렇지만 우린 봐준 게 아니잖아. 강식이는 키가 이만하고 창호는 무관에서 태극권까지 익혔는걸? 진짜로 싸운다고 해도 우리가 걔네를 어떻게 이겨!"

할 말은 했다.

동철의 반발에 여소소는 입술을 깨물었다.

자존심 강한 여소소도 그 말에는 반박할 수 없는 모양이다.

"그, 그렇지만! 싸, 싸우는 건 나쁜 거라고 했어! 우리는 그래서 안 싸우는 것뿐이야!"

그래도 질 수 없다는 생각인지 여소소가 빽 소리를 지른다.

그러고는 동의를 구하듯 청화를 바라봤다.

"그렇죠? 싸우는 건 나쁜 거죠?"

"그, 그래. 싸우는 건 나쁜 거랬으니까……."

금방이라도 울 듯한 여소소의 물음에 청화는 저도 모르게 고개를 끄덕여 버렸다.

사실 청화에게는 틀린 말도 아니다.

청화가 배우기에는 싸우는 것은 나쁜 것이라고 했다.

"정말 싸워야 한다면…… 그, 그땐 정말 마지막으로 어쩔 수 없을 때 싸워야 한다고 했어. 사형들이!"

"거봐! 그러니까 우리가 진 건 진 것이 아니야! 우리는 그저 나쁜 일을 하기 싫어서 그런 것뿐이야!"

청화의 대답에 여소소의 기세가 한껏 올라갔다.

그리고.

그 모습을 바라보던 이현의 입가에 서늘한 미소가 머물렀다.

"무슨 헛소리냐?"

"예?"

갑작스럽게 그들만의 대화에 난입한 이현의 목소리.

그 목소리에 청화와 소동들의 눈동자들이 이현에게 집중되었다.

"무슨 헛소리냐고! 뭐? 싸우는 게 나쁜 거야? 오냐! 나쁜 거라고 치자! 그런데 뭐! 그래서 뭐?"

"……."

서슬 퍼런 이현의 물음에 누구도 감히 입을 열지 못하고 그저 고개를 숙여버린다.

무엇을 잘못한 건지도 모른 채 그저 이현이 화를 내는 것 같으니 고개를 숙여 버린 것이다.

"싸움에 착하고 나쁜 것이 어디 있어! 이기는 놈이 장땡이지!"

그것이 이현의. 아니, 혈천신마의 철학이다.

착한 것, 나쁜 것은 없다.

그저 승자와 패자만 있을 뿐이다.

일단 싸웠으면 이겨야 한다.

그것이 이현의 신념이다.

"야!"

이현의 날카로운 시선이 동철을 향했다.

"예, 예?"

가뜩이나 겁 많은 성격인 동철은 금방이라도 눈물을 쏟아낼 기세다.

"이기고 싶냐?"

"뭐, 뭐를요?"

"산 밑에 애들한테 말이야. 이기고 싶으냐고!"

"걔, 걔네는 저희보다 덩치도 크고, 태극권도 익혔고……."

"그래서 이기고 싶으냐고!"

이현이 대답을 독촉한다.

높아진 언성만큼이나 더욱더 거세진 이현의 기세에 동철은 떠밀리듯 고개를 끄덕였다.

"예…… 이기고 싶어요."

"좋아!"

이현의 입가에 걸린 미소가 더욱 짙어졌다.

'마음에 안 들어!'

다 마음에 안 든다.

허구한 날 눈물 질질 짜는 애들 가르치는 것도 싫고, 그 때문에 다현의 소름 끼치는 잔소리 듣는 것도 싫었다. 날마다 진무관에 찾아오는 청화로 인해 자유를 빼앗기는 것도 싫기는 마찬가지다.

그래서 지금껏 모든 것을 대충했다.

그냥 적당히 대충대충 시간을 보내는 것에 만족하려 했다.

하지만.

더 싫은 것이 생겼다.

'내가 가르치는 애들이 그동안 맞고 다녔다 이거지?'

아무리 싫고, 대충 가르쳤던 아이들이라도 이현이 담당한 소동들이다.

그런 애들이 맞고 다녔다.

그것도 싸우는 것은 나쁜 것이니 자신들이 져 준 것뿐이라는 되지도 않는 말을 지껄이면서!

그것이 가장 마음에 안 든다.

"울어도 안 봐준다! 오늘부터 특훈이다!"

청화가 태극진인과 혜광에게 일러바쳐도 상관없다. 다현이 소름 돋는 잔소리를 쏟아 내도 상관없다.

가르치는 애들이 맞고 다니는 꼴은 죽어도 못 본다.

'늬들은 뒤졌어!'

이글거리는 이현의 두 눈은 산 아래 등도촌을 향하고 있
었다.

지금부터 전쟁이다!

第四章

"아악! 아악! 하압!"

오랜만에 이현이 차지한 연무장에서 낭랑한 기합소리가
울려 퍼졌다.

지금까지의 대충은 없었다.

본격적으로 기초를 다지는 무공 수련이 시작되었다.

물론, 그것만이 가르침 전부는 아니다.

"이얍! 흙 뿌리기!"

"이얍! 깨물고 꼬집기!"

"얍! 눈 찌르기!"

생사가 오가는 무림에서도 찾아보기 어려운 온갖 치졸하

고 얍삽한 술수들이 난무한다.

이 또한 이현이 직접 전수한 가르침이다.

'내가 나서 해결할 수 있지만, 그것으로는 성에 안 차지!'

가장 간단한 방법은 이현이 직접 등도촌 아이들을 훈계하는 일이다.

별달리 어려울 것은 없다.

그러나 이현은 그러지 않았다.

애들과 드잡이할 수 없다는 혈천신마의 자존심 때문만은 아니다.

그보다 근본적인 이유 때문이다.

'내가 해결해서는 달라지는 것은 아무것도 없어!'

소동들이 직접 해결해야 한다.

지금까지 그들을 때렸던 등도촌의 꼬맹이들을 직접 박살 내고 승자의 자리에 올라가야 한다. 그렇지 않고 이현이 직접 나서 등도촌의 아이들을 혼낸다면, 이현이 없을 때는 다시 원상태로 돌아가 버린다.

그러니 아이들이 직접 승리를 쟁취해야 한다!

문제는 소동들의 수준이다.

이왕 작정하고 나선 싸움이다. 어중간하게 이겨서는 안 된다.

자고로 싸움을 시작하면 확실하게 짓밟아야 한다. 그래야 다음에 기어오르는 법이 없다.

단기간에 확실한 승리를 쟁취하는 일.

그러자면 온갖 방법을 모두 동원해야 했다.

뒤늦게 무공을 수련한다고 해도 성취가 너무 늦다. 그러니 최단 기간에 성과를 낼 방법을 찾아야 했다.

그것이 이것이다.

깨물고, 눈 찌르고, 박치기하고, 흙을 뿌리는 것.

치졸하지만 가장 빨리 성과를 낼 방법이다.

"흙을 뿌릴 때는 상대가 예상하지 못하게 해야 한다. 자! 상대가 때리면 이렇게 넘어지는 척을 하면서 몰래 흙을 손에 쥐는 거야. 그리고 결정적인 순간에 이렇게 팍!"

이현은 몸소 시범을 보이는 수고도 마다치 않았다.

열정적인 이현의 가르침을 소동들은 무슨 절세의 무공이라도 배우는 양 눈을 반짝였다.

"자! 주먹을 쥘 때는 이렇게 작은 나뭇가지를 같이 쥐는 거다! 이걸 이렇게 쥐고 주먹을 휘두르면 훨씬 강력한 주먹질을 할 수 있어! 자! 따라해 봐!"

자그마한 나뭇가지를 손에 쥐고 직접 주먹을 휘둘러 보인다.

"주먹은 곧고 빠르게! 체중을 실어서! 난타전에 들어가

면 숨 쉬려고 하지마! 숨을 참는다! 악으로 버텨! 그래야
만 너희가 나가떨어지기 전에, 상대가 나가떨어진다! 알겠
나?"

"예! 교관님!"

이현의 열정적인 가르침에 아이들은 한목소리로 대답했
다.

그러고는 후읍 숨을 참으며 얼굴이 벌겋게 되는 것도 상
관하지 않고 숨을 참아 보인다.

그리고 모래포대를 향해 주먹을 내지른다.

"그렇게 빙빙 돌리지마! 눈감지 말고! 그런 주먹을 대체
누가 맞으라는 거냐!"

이현은 그런 아이들의 자세를 하나하나 지적하며 교정해
주었다.

여물지도 않은 조막만 한 주먹으로 꺼끌꺼끌한 모래주머
니를 치는 일이다.

손이 아리고 주먹이 아플 것이다. 그럼에도 처음 예상했
던 것과 달리 울음을 터트리는 아이들은 없었다.

그것은 지금까지도 마찬가지다.

강도 높은 훈련에 당장에라도 하지 않겠다고 땡깡을 부
릴 법도 하건만 소동들은 그 어떤 때보다 열정적으로 이현
의 가르침을 따랐다.

'하긴! 세상에 지는 것 좋아하는 인간이 어디 있겠어!'

아이들도 싸움에서 지기만 했던 것이 싫은 것이다.

그래서 어느 때보다 열심히 이현의 가르침을 따라오는 것이다.

"그만! 모두 모여!"

이현은 아이들이 하는 양을 지켜보다가 소리쳤다.

아직 어린아이들이다. 호흡이 거칠어지고, 움직임은 금방 둔해진다. 체력을 길러야 한다.

하지만 그것은 지금 해야 할 일이 아니다.

지금은 쉬어야 한다.

"모두 서서 듣는다. 알겠어?"

"예! 알겠습니다! 교관님!"

이현의 목소리에 아이들은 한목소리로 대답하며 눈을 반짝였다.

"자! 맞짱은 뭐다?"

"기세다!"

"그래! 기세! 그럼 내가 상대편의 기세에 밀리지 않으려면 어떻게 해야 할까?"

"……."

이현의 물음에 대답하는 아이들은 없었다.

상관없었다.

이현은 손을 들어 자신의 눈을 가리켰다.

"이 눈이다. 눈을 부릅뜨고 상대방을 노려보는 거야! 이렇게! 죽일 듯이!"

이현이 눈을 부릅뜨며 직접 시범을 보였다.

"흡!"

"흡!"

그러자 아이들도 저마다 두 눈에 힘을 주며 이현을 따라 했다.

"더 날카롭게! 상대를 잘근잘근 씹어 죽일 듯이! 이렇게! 모든, 맹수들이 서로 마주치면 가장 먼저 하는 것이 이렇게 눈싸움을 하는 것이다. 그럼으로써 상대와 자신의 강함을 겨누고 약점을 찾는 것이지! 그럼 눈싸움에서 밀리면 어떻게 될까?"

"자, 잡아먹히나요?"

"그래! 잡아먹히는 거야! 눈싸움에서 진 놈은 필연적으로 지게 되어 있어! 그러니까 등도촌에 내려가면 절대 눈싸움에서 져서는 안 돼! 알겠나?"

"예! 알겠습니다! 교관님!"

이현의 물음에 이번에도 낭랑한 아이들의 대답이 돌아왔다.

아이들은 자신의 두 눈이 벌겋게 달아오를 만큼 두 눈에 힘을 주고 버티고 서 있었다.

"누, 눈물 나는데요?"

"누, 눈 아파요."

그러나 언제까지 눈을 부릅뜰 수는 없는 일.

우는 소리가 여기저기서 흘러나왔다.

"참아! 아니면 상대에게 잡아먹히는 거다! 잡아먹히고 싶어? 또 지고 싶어?"

"아, 아니요!"

"하, 할게요!"

이현의 서슬에 아이들은 다시 눈에 힘을 주기 시작했다.

그리고 이어지는 다음 단계.

"자! 내가 상대의 기세에 눌리지 않았어! 그렇다면 상대의 기세는 어떻게 짓눌러야 할까?"

이현의 질문이다.

그 질문에 소동들 사이에서 대답 하나가 흘러나왔다.

"누…… 눈을 찔러요?"

"누구야?"

이현이 자신의 질문에 대답한 아이를 찾자 소등들 사이에서 자그마한 손이 올라온다.

동철이었다.

동철은 이현의 눈치를 살피며 어깨를 움츠리고 있었다.

혹여나 이현에게 혼나지 않을까 무서워하는 것이다.

이현은 웃었다.

"정답! 잘했어!"

"헤헷!"

생각지도 못한 이현의 칭찬에 동철이 쑥스러운지 머리를 긁적인다.

"그리고 또? 또 생각나는 사람?"

한 번 동철이 칭찬을 받고 난 뒤다.

"서로 노려보는 사이에 흙을 뿌려요!"

"소리를 질러서 놀라게 해요! 그럼 눈을 깜빡일 거예요!"

자신감을 되찾은 아이들이 저마다 의견을 내놓는다.

하나같이 치졸하고 얍삽한 것이 이현의 마음을 흡족하게 하는 대답들이었다.

"좋아! 가르침이 헛되지 않았군! 모두 정답이다! 그리고 또 있다."

"또, 또요?"

"동철이! 나와!"

이현은 곧장 동철을 불러냈다.

가장 열성적으로 이현의 가르침을 따르는 아이이니만큼, 이현은 동철을 조금씩 총애하고 있었다.

"예? 예!"

갑작스러운 이현의 부름에 동철이 쭈뼛거리며 걸어 나왔
다.

이현은 그런 동철에게 요구했다.

"욕해 봐!"

"네?"

"욕해 보라고."

신성한 도가의 성지인 무당산에서.

규율과 예의를 중시하는 무당파에서.

이현은 무당의 가르침을 배워야 할 어린 소동에게 욕을
하라고 요구하고 있었다.

*   *   *

저녁이 되었다.

태극검제와 혜광, 이현과 청화. 총 네 명이 기거하는 모
옥에서는 군불을 때운 연기가 하얗게 올라오고 있었다.

저녁상은 늘 그렇듯 단출했다.

분위기는 화기애애했다.

청화 때문이다. 청화는 이야기꽃을 피운다.

청수진인과 혜광은 그런 청화의 재잘거리는 이야기를 마
치 손녀의 재롱이라도 되는 듯 흐뭇한 얼굴로 바라보고 있

었다.

그리고 이현은.

밥상을 앞에 두고 생각에 빠져 있었다.

밥상머리 앞에서 재수 없게 뭐하는 짓이냐고 대번에 혜광의 주먹이 날아올 일이다.

하지만.

이현은 개의치 않았다.

소동들을 수련시키기 시작하면서 이미 그 이야기는 혜광에게 흘러 들어간 지 오래다.

청화가 이야기한 것인지는 모른다.

어찌 되었든 청수진인과 혜광은 알고 있었다.

하긴, 무당파에 있는 눈이 몇 개인데 그 소식이 전해지지 않는다는 것도 우스운 일이다.

그 탓에 청수진인과 혜광이 설전을 나누기도 했다.

그리고.

'클클클! 당연한 말이지 않으냐! 치고받고 싸우는데 정정당당이 어디 있고 비겁한 게 어디 있어! 이기는 놈이 장땡이지! 잘했다! 네놈이 오랜만에 제대로 된 소리를 했구나! 어디 열심히 한번 해 보와! 내 팍팍 밀어줄 것이니!'

혜광이 무슨 변덕인지 처음으로 이현을 적극 지지하고 나섰다.

청수진인의 우려를 막아 준 것도 혜광이었고, 이렇게 이현이 소동들의 수련에 집중할 수 있도록 해 준 것도 혜광이다.

　심지어.

　'짱돌로 대가리 찍어 버려! 아니면 칼로 배때기 쑤셔 버리든가! 싸움에 애들 싸움이 어디 있고, 어른 싸움이 어디 있어! 아니, 아니다! 그냥 그 천둥벌거숭이 놈들 집을 불태워 버리는 것이 오히려 깔끔하겠구나! 과하긴 육시랄! 자고로 애들 잘 못 키웠으면 그 가족까지 죄다 조져야 하는 법이야!'

　혈천신마였던 이현도 생각하지 않았던, 전혀 도사답지 않은 파격적인 의견을 쏟아내기까지 했다.

　그런 혜광을 진정시키느라 이현은 물론 청화와 청수진인까지 나서야 했을 지경이었다.

　혜광의 말대로 했다가는 곧장 참회동행이란 것은 이현도 익히 잘 알고 잇는 탓이다.

　어찌 되었건 예상치 못한 혜광의 비호 덕분에 이현은 소동들의 수련에 집중할 수 있게 되었다.

　'야! 이 못된 놈아! 너 그러다가 어른들께 혼난다!'

　피식!

　'그게 무슨 욕이라고!'

오늘 낮. 동철이 처음으로 한 욕이다.

한참을 머뭇거리고 종래에는 금방이라도 눈물을 흘릴 듯이 큰마음 먹고 한 욕이 겨우 이것이다.

아무리 순진한 아이들이라지만 이건 욕이라 하기에도 민망할 수준이었다.

'갈 길이 멀어.'

한 달.

이현이 잡은 시간이다.

그 한 달이란 시간 동안 모든 준비를 끝내고 소동들의 설욕전을 마쳐야 할 것이다.

웬일로 같은 노선을 걷는 혜광의 변덕도 아마 한 달이란 시간이 한계일 것이다. 그 시간이 지나고 나면 또 어떤 변덕을 부릴지 모르는 인간이다.

애초에 혜광이란 미친 도사는 정상적인 사고방식으로 예측할 수 없는 인물이었으니까.

'욕부터 제대로 가르쳐야겠군!'

이현은 생각을 정리했다.

온갖 치졸하고 얄팍한 꼼수로 싸우는 법은 이미 가르치고 있었다. 어린아이들이라 그런지, 아니면 목표의식이 확실해서였는지 소동들은 제법 빠른 속도로 수련을 따라오고 있었다.

이제 제대로 된 욕을 가르치면 된다.

'자고로 허접한 것들끼리 싸우는 데에는 욕 잘하는 쪽이 반은 먹고 들어가는 법이지!'

얼추 계산이 선다.

무엇을 어떻게 가르치고 또 얼마만큼의 시간을 할애해야 할지에 대한 윤곽이 그려지고 있었다.

하지만.

'이것으로 충분할까?'

이현의 표정은 전혀 개운하지 않았다.

'완벽한 승리여야 한다!'

아무리 애들 싸움이라도 이현이 직접 나서서 수련시키는 일이다.

어지간한 승리는 자존심만 상한다.

등도촌 아이들도 틈만 보이면 소동들에게 싸움을 걸어 올 것이 분명했다.

그것도 마음에 들지 않는다.

다시는 기어오를 생각조차 하지 못할 만큼 확실한 승리를 얻어야 한다.

'그렇다면 결국 꼼수로는 한계가 있다는 것인데······.'

꼼수로 한두 번 이길 수는 있다. 하지만 꼼수는 꼼수다.

진짜 실력이 아닌 이상 언젠간 따라잡히고 만다.

그것도 마음에 들지 않았다.

점점 욕심이 생기고 있었다.

'실력을 기르자면 기초부터 확실히 닦아 둬야 한다. 하지만 그렇게 되면…….'

그려진 윤곽을 수정해 보았다.

확실히 낫다.

하지만 문제는 있었다.

'또 울겠지.'

지금껏 울지 않고 잘 따라와 주었다.

소동들에게 요구하는 수련 강도도 전보다 훨씬 강해져 있다. 하지만 여기까지다.

꼼수가 아닌 제대로 된 수련을 시작하면 그 강도는 지금과는 비교할 수도 없다.

기껏 의욕적으로 따라오던 아이들도 나가떨어질 판이다.

아무리 확실한 동기부여가 있다고 해도 애는 애다.

'제대로 굴리고 싶어도 그럴 수도 없고!'

혈천신마였을 때라면 생각도 하지 못할 일이다.

애초에 귀찮게 누군가를 가르치려 하지도 않았을 것이고, 일단 가르치기 시작하면 반드시 초주검으로 만들어 버렸을 것이 확실했다.

그런데 지금은 그럴 수가 없다.

'이건 뭐 수련이 애들 장난도 아니고.'

어이없는 상황에 이현은 웃어 버렸다.

그때였다.

'잠깐!'

뇌리로 무언가가 스쳐 지나갔다.

"그래! 이왕 놀 거면 제대로 놀아야지! 암!"

씨익!

이현의 입가에 걸린 웃음은 점점 더 짙어졌다.

제법 괜찮은 방법이 떠올랐다.

* * *

"끌끌끌! 아주 재미있는 짓거리를 하는구나!"

자소궁 지붕 위에 걸터앉은 혜광이 웃음을 터트렸다.

"그렇습니까?"

그 곁에 선 청수진인이 그런 혜광에게 물음을 던진다.

"네놈 눈은 눈이 아니냐? 보아라!"

그런 청수진인의 모습에 혜광은 신경질적으로 받아치고
는 주름진 손가락을 들어 저 아래를 가리켰다.

혜광의 손가락 끝이 머문 곳은 자소궁 아래 진무관의 한
연무장이었다.

"꺄르르르륵!"

"와하하하하핫!"

아홉 명 남짓의 아이들이 뛰어논다.

사지에는 주렁주렁 모래주머니를 달아 놓고 대나무 살을 역은 뼈대에 가죽을 씌운 공을 쫓아 이리저리 뛰어다니고 있었다.

그리고 그 옆에는 커다란 바위가 듬성듬성 자리하고 있었다.

아이들은 그 위를 총총 뛰며 오가면서도 가죽공을 손발로 통통 튀기고 있었다.

혜광은 그런 아이들의 노는 모습을 응시하며 이야기했다.

"놈이 기본기부터 확실히 가르치기로 작정한 것이야."

그런 혜광의 말에 청수진인은 작게 미소를 지었다.

"허허허! 그렇습니까? 저는 그저 아이들이 노는 모습으로만 보이는군요."

청수진인의 말은 틀린 데가 없었다.

그 방식은 무당에서도 전혀 처음 보는 것이었지만, 결국 애들 장난이다.

그냥 어린아이들이 뛰어노는 평범한 모습이다.

하지만 그런 청수진인의 말에 혜광은 매서운 눈으로 노

려보았다.

"알면서도 모르는 척하는 것이냐? 아니면 진짜 몰라서 그러는 것이냐! 알면서도 모르는 척하는 것이면 네놈 스승과 마찬가지로 똑같은 짓거리를 하는 것이고, 진짜 몰라서 그런 것이라면 네놈을 가르친 스승이 등신인 게야."

"무공은 사숙께서 더 많이 가르쳐 주셨지요."

"니미럴!"

조용조용하면서도 한마디도 지지 않는 청수진인의 대답에 혜광은 혼자 욕지거리를 삼켜야만 했다.

사실이다.

오늘날의 태극검제를 만든 것은 혜광이다.

당시 무당이 가진 대부분의 영약을 청수진인에게 먹인 것도 혜광이었고, 무공을 가르친 것도 혜광이었다.

청수진인의 스승은 무재가 뛰어난 편도, 누군가를 가르치기에 좋은 재주를 가진 스승도 아니었다.

또한, 그때는 그래야만 했다.

한시라도 빨리 무당의 이름에 걸맞은 고수를 만들어 내는 것이 시급했었던 상황이었으니까.

그러니 청수진인의 모든 책임은 혜광에게 있었다.

그것이 현재의 무공이든, 무공 지식이든. 아니면, 몸 상태든 말이다.

괜히 타박했다가 본전도 못 찾은 혜광이 다시 입을 열었다.

"무공의 기본이라는 것이 무엇이더냐?"

"그야 무리를 자유롭게 따를 수 있는 것이 아니겠습니까?"

혜광의 물음에 청수진인이 답했다.

그리 어렵지도 않은 질문이다.

그러나 혜광은 그 대답이 마음에 들지 않는 눈치였다.

"육시랄! 누가 말코 아니랄까 봐 어렵게도 말하는구나! 그냥 간단히 말하면 될 것을! 자! 다시 보아라!"

혜광은 다시 이리저리 뛰어노는 아이들을 가리켰다.

"무공은 결국 몸으로 펼치는 것이야. 제아무리 무당파의 무공이 내가기공에 바탕을 두고 발전해 왔다고 한들 그 시작은 변하지 않는다. 나 같이 지고의 경지에 오른 것이 아닌 이상 결국 싸움은 치고받고, 베고 찌르는 것이라 이 말이다."

스스로 지고의 경지에 올랐다 자찬하는 혜광의 말에도 청수진인은 조용히 고개를 끄덕였다.

"듣고 보니 그렇게 되는군요."

"듣고 보니가 아니라 원래가 그런 것이야! 결국, 그 말은 무엇이냐? 기본이란 그저 오래 움직이면서도 빨리 움직이고, 균형 잘 잡고 자세 좋은 것이 기본이라 이 말이다. 거기에 더 하자만 내공을 쌓기 좋은 몸과 마음, 두둑한 공력이 더해지면 될 것이나, 그 또한 몸이 만들어진 뒤에나 가능한 이야기일 테지."

"그럼 저 아이들이 그 기본기를 쌓고 있다는 말씀이시군요? 저런 놀이를 통하여서 말이지요?"

"기본기가 별거냐? 놀든, 기든 본질만 잊지 않으면 그만인 것을! 거창하게 수련이고 나발이고 할 것 없이 말이다."

"허허허! 그렇군요."

청수진인은 웃었다.

그러면서도 청수진인의 시선은 진무관 연무장에서 뛰어노는 아이들을 향했다.

무거운 모래주머니를 사지에 차고도 공을 쫓아 뛰어노는 아이들의 얼굴에는 즐거움이 가득했다. 징검다리처럼 듬성듬성 놓인 바위를 뛰어넘는 아이들의 모습도 마찬가지다. 개중에 중심을 잡지 못하고 떨어지는 아이들도 있었지만, 이내 웃으며 다시 바위 위로 오른다.

그저 놀이 같지만, 근력도 체력도 균형 감각과 반사신경도 고루 발달할 수 있는 좋은 기초 수련이라 볼 수도 있다.

혜광이 지적한 것도 그것이다.

"어디 그뿐이냐? 어제는 무슨 보물찾기인지 뭔지를 한다

고 모래주머니를 찬 채로 온 무당산을 헤집고 다니게 하고,
그저께는 또 물놀이 명목으로 다가 개울에서 공 차면서 놀
았고?"

장난이다. 애들 장난.

모르는 사람들의 눈에는 그렇게 보일 것이다.

하지만 혜광의 눈에는 달랐다.

그 또한 수련이다.

그것도 착실하게 기본에 입각한 수련.

"재미있는 놈인 줄은 알았지만, 정말 재미있는 짓거리를
벌여 놓았구나. 고리타분한 기존 무당의 수련법을 벗어나
놀이를 통한 수련이라…… 끌끌끌! 재미있어. 아주 재미있
는 놈이야!"

혜광은 무엇이 그리 즐거운지 연신 웃음을 흘렸다.

전통적으로 무당파의 수련법은 항시 진지하고 엄숙한 분
위기 속에서 이루어졌었다. 거기에 흑사신마의 혈사 이후
찾아온 무당파의 위기까지 더해진 뒤로는 높은 수련 강도
까지 더해져야 했었다.

나쁜 것은 아니다.

나름의 합당한 정당성과 필요성이 있었기에 그러한 수련
법이 생겨나고 유지 발전되어 온 것이다.

하지만.

이현의 놀이를 통한 수련법은 기존의 무당파의 수련법과는 그 궤를 달리하고 있었다.

그것은 무당파가 가진 전통과 관념을 깨부수는 파격이라고 할 만했다.

혜광의 시선이 뛰노는 아이들에게서 벗어나 한 곳으로 향했다.

"끌끌끌! 재미있는 놈인 줄 알았더니 이건 순 내숭쟁이야. 애들 가르치기 귀찮아 농땡이나 피우는 줄 알았거늘 이리 재미있는 방법도 생각해 낼 줄 알고."

연무장 구석에는 봄날 고양이처럼 늘어진 이현이 누워 있었다.

쭈그려 앉아 밤잠 안 자고 가죽공을 만들어 낸 것도 이현이었고, 연무장에 자리한 바위 하나하나를 구해서 옮겨 놓은 것도 이현이 한 일이었다. 그 밖에 수련에 필요한 모든 물품을 구하고 만들어 낸 주인공 또한 이현이었다.

애들 가르치기 귀찮다고 틱틱거리더니 할 것은 다 한다.

내숭도 이런 내숭이 없다.

"허허허! 사숙께서 그리 보이신다니 다행이군요."

청수진인은 웃었다.

이현을 바라보는 청수진인의 두 눈엔 따스한 온기가 가득했다.

"좋으냐 원하는 대로 되어서?"

그런 청수진인을 향해 혜광이 물었다.

"허허허! 사숙께서는 어떠십니까?"

그런 물음에 청수진인은 웃으며 오히려 되물었다.

"육시랄! 솔직하지 못한 것도 어찌 그리 제 스승놈을 빼다 박았는지!"

혜광의 얼굴이 소태 씹은 얼굴처럼 일그러졌다.

"오냐! 좋다 이놈아! 이제야 저놈이 재미있게 움직이기 시작했는데 어찌 안 좋겠느냐. 이 따분한 무당에 저런 놈이라도 있어야 갇혀 지내는 맛이 날 것이 아니냐!"

혜광은 솔직했다.

자신의 감정을 숨기거나 감추지 않았다.

"네놈은 저놈이 아이들 틈에서 유해지길 바랐었고, 나는 저놈이 뭘 하든 간에 제대로 재미있는 일을 벌이길 바랐으니 우리 둘이 원하는 건 이루어진 것이 아니냐!"

"허허! 그렇지요."

기실 이현이 소동들을 맡게 된 것은 여러 사람의 이해 관계가 맞아떨어졌기 때문이다.

이현이 다시 사고 쳐서 참회동에 들어갈 작정을 했음을 가장 먼저 알아차린 것은 혜광이었다.

그래서 이현에게 적당한 자유를 허락했다.

혜광이 바라는 것은 단순했다.

이현이 재미있는 일을 벌이는 것.

반면, 청수진인은 청연비무 이후 변해 버린 이현의 성정을 걱정했다.

갑작스러운 이현의 변화는 반갑다.

하지만 너무 거칠고 원초적이다. 말투도 행동도 마찬가지다.

청수진인은 그러한 이현의 성정이 누그러지길 원했다.

그래서 이현에게 소동들을 맡긴 것이다.

근묵자흑(近墨者黑).

아이들과 함께 있으면서 그 이현에게 그 순수함이 배어들길 바랐다.

그리고 그것은 혜광이 원하는 바와도 상통했다.

아이들을 가르치는 교관의 일은 여유롭고, 다채롭다. 아이들의 수련에서만큼은 그 권한 또한 작다고 할 수 없다. 이현이 재미있는 사건을 벌이기에는 이보다 적합한 직급도 없었다.

두 사람이 원하는 대로 되었다.

"허허허! 이제 장문께서 원하는 대로만 되면 되겠습니다."

청수진인이 말했다.

이현이 소동들을 가르치게 된 데에 일조한 또 한 사람.

무당파 장문인. 청성진인.

혜광과 청수진인이 그랬듯 청성진인 또한 이현에게 소동들을 맡긴 데에는 바라는 바가 있어서였다.

태극구공.

아이들을 가르치게 함으로써 자연스럽게 그 맥이 이어지길 바란 것이다.

"사람은 태어나 일 년이 지나면 걸음마를 시작한다. 허나, 누구도 걷는 법을 쉽게 설명할 수는 없는 법이지. 하물며 글로 남기는 것은 더더욱 어려운 일일 것이고."

혜광이 작게 고개를 끄덕이며 동의했다.

장문인이 이현에게 비급을 작성하라 하지 않고, 아이들을 가르치게 한 것도 그러한 연유에서였다.

무공을 찾아내는 것과 무공을 글로써 남기는 것은 전혀 별개의 일이었다.

"끌끌끌! 자연스럽게 전하고, 세월이 이를 정립케 한다. 장문 그놈도 무당 말코 아니랄까 봐 음흉한 데가 있어."

"그만큼 생각이 깊은 것이 아니겠습니까."

"육시랄! 지 사제라고 편드는 것이냐? 여하튼 장문 그놈도 손해는 보지 않겠구나!"

청성진인을 두둔하는 청수진인의 대답에 한번 핀잔을 준

혜광은 이내 뛰노는 아이들의 모습을 바라보며 작게 고개를 끄덕였다.

'굳이 공을 갖고 놀게 한 것도, 바위를 징검다리처럼 뛰어넘게 하는 것도 그와 같은 이치일 터!'

혜광의 눈은 날카로웠다.

태극구공은 본디 천화포접공과 구궁장공, 건곤구공의 이치를 총망라한 것이다.

혜광은 아이들의 놀이 속에서 그 이치가 녹아 있음을 꿰뚫어 보고 있었다.

"예! 태극구공 또한 전해질 듯합니다."

청수진인 또한 혜광과 같은 의견이었다.

그때였다.

흘깃 청수진인을 한번 노려보던 혜광의 이내 와락 얼굴을 찌푸렸다.

"육시랄! 아! 근데 이것들은 왜 이렇게 안 와! 할 말 있다고 아침 댓바람부터 불러 댈 때는 언제고!"

새벽에 장문인의 연락을 받았다.

무당의 장로들과 원로, 실세들을 모두 불러들인다는 내용이다.

약속 시각이 정오였으니 지금이 딱 약속 시각이다.

그런데도 아직 모임에 참석해야 할 이들은 코빼기도 보

이지 않으니 성격 나쁜 혜광이 뿔을 내는 것도 당연한 일이
었다.

청수진인은 웃었다.

"허허허! 사안이 사안이지 않습니까. 어쩌면 무림맹 회
동에 앞서 오검연(五劍宴)부터 개최해야 할지도 모를 정도
이지요."

오검연.

정파의 연합인 무림맹 내에서도 무당파를 비롯한 노선을
함께하는 다섯 검가(劍家)와 검파(劍派)의 모임이다.

어쩌면 오검연을 개최해야 할지도 모를 사안을 가지고
의논하기 위한 자리다.

저마다 준비해야 할 것이 많다.

그러니 약속보다 늦는 것도 충분히 이해할 수 있는 일이
었다.

"허허허! 오는군요."

청수진인이 말했다.

그의 말처럼 자소궁으로 모여드는 도사들의 행렬이 모습
을 드러냈다.

어쩌면 오검연까지로 이어질 회의의 시작이었다.

이현은 이현대로. 무당파는 무당파대로 바쁜 시간이 흘

렀다.

청수진인과 혜광은 밤을 꼬박 지새우는 회의를 하기도 했다. 자연 이현을 향한 참견과 눈길도 줄어들었다.

그리고 어느 순간 무당이 바쁘게 움직이기 시작했다.

그와 별개로.

이현은 무당의 분위기에는 신경 쓰지 않고 오로지 소동들의 수련에만 집중했다.

그렇게 한 달이란 시간은 훌쩍 지나가 버렸다.

성과는 있었다.

"뭘 봐? 확 눈알을 뽑아다가 구슬치기하기 전에 눈 깔아라? 왜 불만이냐? 꼭 잔칫날 잡다 버린 돼지 염통같이 바람 훅훅 불어서 확 까 버리고 싶게 생긴 것이! 마빡에 심줄 뽑아 거문고 줄로 튕겨 버릴까 보다!"

여름날 소나기처럼 쏟아지는 욕 줄기에 이현의 입가에 짙은 미소가 머물렀다.

"좋아!"

만족스러웠다.

욕에도 여러 가지 종류와 방향성이 존재한다.

동철은 그중에서도 신체 부위를 활용하여 다채로운 욕설을 구성하는 쪽에 재능을 보였다.

순진하고 착했던 동철이 욕이라는 새로운 분야의 재능을

꽃피우기까지 이현이 쏟은 노력은 결코 헛수고가 아니었다.

"혜헷!"

이현의 칭찬에 동철은 쑥스러운 듯 얼굴을 붉혔다.

순진한 아이를 타락의 구렁텅이로 빠트리는 데 성공한 이현은 이로써 모든 확인을 마쳤다.

"어이! 병아리들!"

이현은 지금껏 자신이 가르친 소동들을 불렀다.

"예!"

"예! 교관님!"

아이들은 마치 약속이라도 한 듯 동시에 대답했다.

"오늘이 무슨 날이라고?"

"싸우는 날이요."

드디어 등도촌 아이들에게 당하기만 했던 소동들의 설욕전이 있는 날이다.

"일단 싸우면?"

"이겨야 한다?"

"어떻게?"

"무조건!"

"왜?"

"무지무지 강하고 엄청엄청 멋있는 교관님이 가르쳐 주

셨으니까!"

주입식 교육의 성과가 드러났다.

이현의 질문이 던져지기 무섭게 소동들은 해맑게 웃으며 곧장 대답을 내놓는다.

그 또한 마음에 들었다.

"가자!"

힘 있는 외침을 시작으로 이현은 앞장서서 걸어 나갔다. 그리고 그 뒤를 소동들이 따른다.

설욕전을 치를 전장으로 향하는 소동들의 얼굴과 그들을 이끄는 이현의 얼굴은 결연하게 빛나고 있었다.

그리고.

"이게 뭐하는 짓이람?"

한 발자국 물러서서 소동들의 출정식을 모두 지켜본 청화는 어이없다는 듯 중얼거렸다.

애들 싸움에 나서는 것치고는 비장해도 너무 비장했다. 아니, 아이들을 가르치고 올바른 길로 이끌어야 할 이현이 오히려 나서서 싸움을 조장하고 있는 이 현장 자체가 말도 안 되는 일이다.

한심함을 넘어 유치하기까지 했다.

하지만 어쩌겠는가.

"같이 가! 치사하게 너희끼리 가지 말고!"

유치하든 한심하든 간에 그래도 한 달이란 시간 동안 함께 동고동락하던 사이가 아니던가.

어쨌든 같이 가야 했다.

第五章

휘이이잉.

싸늘하게 식은 바람이 공터를 휘감는다. 팽팽하게 당겨
진 긴장감은 중압감이 되어 무겁게 어깨를 짓누른다.

꿀꺽!

누군가인지 모를 목 넘김 소리마저 선명하게 들려올 정
도였다.

척척척.

싸늘한 긴장감 속에서 양 끝에서 각각 한 무리씩 걸어 나
왔다. 마치 일생일대의 결전을 앞둔 병사들의 행군처럼 발
소리마저 비장했다.

이윽고.

두 무리는 서로의 숨소리가 코앞에서 전달될 만큼 가까워졌다.

눈과 눈이 마주친다.

아홉과 열.

소동들 아홉에, 등도촌 아이들 열.

수적으로는 소동들이 한 명의 열세를 이룬다.

"흥! 또 울고 싶어서 왔지? 내가 너희 한 번만 더 여기 오면 가만히 안 둔다고 했지?"

등도촌 아이들의 골목대장격인 강식이 가소롭다는 듯 말했다.

예닐곱 살로는 보이지 않을 만큼 발달된 키와, 균형 잡힌 체구.

어디로 보나 어렸을 때부터 체계적으로 무공을 익힌 아이의 모습이었다.

그런 강식의 으름장에 소동들의 대표로 앞장서 강식과 마주한 동철의 눈빛이 잠시 흔들렸다.

그동안 내내 당하기만 했으니 이렇게 마주 서 목소리를 듣는 것만으로도 두려움이 몰려오는 것일 터다.

하지만.

동철의 흔들렸던 두 눈은 이내 굳은 결의로 가득 찼다.

"가만 안 두면? 네가 어쩔 건데! 이 돼지 염통 같은 놈아!"

"뭐?"

"둘 다 까고 싶게 생겼다고!"

실패다!

긴장한 탓인지 준비한 욕은 미처 다하지 못했다.

하지만 강식이 언제 이런 욕을 들어보았을까.

"뭐? 이게 정말 죽으려고!"

준비한 것의 반도 하지 못한 욕이건만 강식의 얼굴은 금방 새빨갛게 붉어졌다.

당장 들어 올린 팔은 그대로 동철의 얼굴을 짓뭉개버릴 것만 같이 위압적이다.

그때였다.

'찔러!'

동철의 귓가로 들려오는 한마디 전음!

뇌리에 꽂히는 그 외침에 동철은 조건 반사적으로 몸을 움직였다.

"합! 눈 찌르기!"

푹!

"악!"

부지불식간에 내지른 두 손가락이 그대로 부릅뜬 강식의

두 눈을 찔렀다.

강식이 비명을 내지르며 두 눈을 감싼 것도 당연지사다.

그리고.

'흙 뿌리기!'

아홉 소동의 귓가로 동시에 같은 전음이 들려왔다.

"핫! 흙 뿌리기!"

동철이 그렇듯 소동들도 반사적으로 반응했다.

아홉 명의 소동들이 동시에 손안에 쥔 흙 한 줌을 허공에 뿌린다.

뿌연 흙먼지와 함께 흙 알갱이들이 등도촌 아이들의 눈으로 침투했다.

"아얏! 내 눈!"

"으아아앙! 앞이 안 보여!"

효과는 탁월했다.

연이은 기습으로 등도촌 아이들이 바닥을 굴렀다.

그리고.

"얘들아! 쳐!"

누가 시킨 것도 없이 동철이 소리쳤다.

"와아아아앗!"

오를 대로 오른 사기에 소동들의 움직임은 거침이 없었다. 긴 기합성과 함께 달려 나갔다. 가장 가까운 곳에 있는 아이들을 붙잡고 주먹질을 해 대기 시작했다.

"이씨! 저리 안 가?"

간간이 반항이 있었지만, 이미 선기를 차지한 소동들에게는 무서울 것이 없었다.

"합! 깨물기!"

"합! 꼬집기!"

"아얏! 아프다고! 아파! 아파!"

반항은 철저하게 응징한다.

반항하는 아이에게는 두세 명씩 달려들어 갖은 방법을 모두 동원해 제압한다.

그 와중에 온갖 치사하고 야비한 술수가 총동원됐음은 물론이다.

이현의 가르침은 절대 헛되지 않았다.

서슴없이 명치를 때리고, 겨드랑이 사이에 주먹을 내리꽂는다.

일방적인 소동들의 압승으로 상황은 전개되고 있었다.

그리고.

"이거 너무 심한 것 아니야?"

골목 모퉁이서 이 모든 광경을 지켜보던 청화가 걱정스러운 마음을 드러냈다.

유치하게 생각했던 것이 사실이다.

하물며 싸움에 앞서 잠시 자리를 비웠던 이현이 직접 요상약이며 등도촌의 유명한 의방까지 섭외했을 때는 지나치다고 생각했다.

고작 애들 싸움이었다.

하지만.

눈앞에 펼쳐진 그 애들 싸움은 결코 애들 싸움이 아니었다.

흥분해서 자제력이 약해진 것인지, 그동안 쌓인 것이 한번에 폭발했는지는 모른다.

하지만 이건 해도 너무했다.

이러다가 누구 하나 크게 다치는 것은 아닐까 겁이 날 지경이었다.

"사, 사질아 이거 말려야 하는 거 아니냐고! 이러다가 진짜 큰일 나는 건 아닐……까?"

걱정스럽게 말하던 청화의 목소리가 어느덧 잦아 들었다.

청화의 시선이 이현에게로 향하고 나서 벌어진 일이다.

이현은 용의주도했다.

내공이 남아도는지 기막까지 펼쳐 났다. 목소리가 새어 나가지 못하게 하기 위함이다.

하지만 청화는 안다.

"야! 거기서 그렇게 때리면 안 되지! 인중을 치라고 인중을! 아니! 더 세게! 힘껏 때리라고 힘껏!"

고함치는 이현.

청화의 고개가 돌아갔다.

저 앞에 싸우고 있는 소동들 중 하나가 머쓱하게 머리를 긁적이며 넘어진 등도촌 아이의 인중을 때리고 있다.

"더 세게 때리라고!"

"이, 이렇게요?"

심지어 소리가 새 나가지 못하도록 기막까지 펼쳐 놓은 이현의 목소리에 대답이라도 하듯 중얼거린다.

'너는 내공이 남아도냐!'

청화는 그 모습에 순간 소리라도 내지르고 싶은 심정이었다.

기막을 펼쳐서 목소리가 새어 나가는 것을 막았다. 그런데 그것이 끝이 아니다. 이현의 외침은 기막을 통과하면서 전음으로 전환되어 소동들에게 고스란히 전달되고 있었다.

청화로써는 듣도 보도 못한 내공의 운영법이었고, 쓸데없는 내공 낭비로밖에 보이지 않았다.

"야! 이럴 거면 처음부터 전음으로 하던가!"

결국, 그 한심한 모습을 보다 못한 청화가 버럭 성질을 부렸다.

그런데 돌아오는 대답이 가관이다.

"시끄러워! 정신 집중 안 되게! 전음으로 하면 답답하잖아!"

답답하단다.

그냥 전음으로 하자니 소리를 못 질러서 답답한 가 보다.

그래서 처음부터 전음으로 지시하면 될 것을 가지고, 쓸데없이 기막까지 펼쳐 놓았나 보다.

어이없는 이현의 작태에 청화는 절로 멍하니 입이 벌어졌다.

그러나.

이현은 청화가 자신을 어떻게 바라보는지 전혀 관심이 없는 듯했다.

"박아! 그래! 너! 동철이 너 말이야! 너! 그대로 머리로 박치기하라고! 그래! 그렇게! 옳지 잘한다! 거봐! 하니까 되잖아!"

여전히 소동들의 싸움에 눈을 떼지 못한 채 세심한 지도 편달을 아끼지 않는다.

그냥 기막을 통해 고함을 전음으로 전환하는 것만은 아닌가 보다.

'소동들 전체가 아니야. 각각 따로 전음으로 전해지는 것이었어.'

절묘한 공력의 운영이다.

기막을 방음과 전음 변환의 용도만으로 쓰는 것이 아니다. 그 변환된 전음을 또 각각 한 사람 한 사람에게 따로 전달한다.

무공에 그리 깊은 지식을 갖추지 못한 청화라도 이것이 얼마나 어려운 일인지는 대략 짐작이 간다.

못해도 그의 사형인 태극진인과 혜광이 아니라면 꿈도 꾸지 못할 만큼 절묘하고 세심한 공력의 운영이다.

이미 청화의 머리에는 생각보다 거칠고 과격한 소동들의 싸움에 대한 걱정은 사라진 지 오래였다.

청화는 이현을 보며 고개를 절래 저었다.

"사질도 참 대단해. 대단하다! 우리 사질!"

무당의 가장 강한 두 사람만이 가능할 법한 공력운영이다.

이현은 그것을 소동들 싸움 지도용으로 쓰고 있다.

고작 소리 못 지르면 답답하다는 이유로.

전부터 생각해 온 것이었지만 참으로 여러 의미로 대단한 사질임에는 틀림없었다.

그때였다.

"위험해!"

이현이 소리를 질렀다.

그리고.

"우어어어어엇! 이씨! 나도 이제 안 봐준다!"

싸움 시작부터 동철의 기습으로 바닥을 굴러다니던 강식이가 벌떡 일어나 고함을 내질렀다.

쓰러진 강식을 때리던 아이들은 바람에 휘날리는 낙엽처럼 사방으로 튕겨져나갔다.

"이씨! 이리와! 내가 가만히 안 둘 거야!"

붕붕!

흥분한 강식이 이리저리 휘둘러 대는 주먹질 소리가 심상치 않다.

'내공!'

청화는 한눈에 강식의 주먹질에 내공이 담겨 있음을 깨달았다.

"어, 어떻게 해?"

청화가 이현을 바라보며 물었다.

비단 청화만의 의문은 아니었나 보다.

주춤주춤하는 소동들의 시선 또한 이현을 향하고 있었으니까.

내공이 담긴 주먹은 보통 아이들의 주먹질과는 달랐다. 잘못 맞으면 그대로 뼈가 부러지고 내장이 뒤틀린다. 심각하면 목숨마저 위태롭다.

애들 싸움이 애들 싸움이 아니게 된 것이다.

씨익!

이현은 오히려 웃었다.

"어쩌긴!"

짧게 내뱉은 한마디가 스산했다.

그리고.

"밟아!"

"무슨 그런 말도 안 되는……!"

이현의 그 한마디에 청화가 발끈하고 나서려고 했다.

강식이란 아이는 내공을 쓴다. 그런 아이를 무슨 수로 밟는단 말인가.

그런데!

"와아아아아앗!"

소동들은 아니었나 보다.

이현의 한마디에 주춤거리던 소동들은 언제 그랬냐는 듯 길게 기합을 내지르며 강식에게 달려갔다.

더는 머뭇거리는 기색도, 무서워하는 기색도 없었다.

지금껏 이현이 가르쳐 준 대로 되었으니, 앞으로도 이현이 한 말대로 될 것이라고 믿는 듯했다.

"어어엇! 이씨! 저리 안 가! 악! 아프다고! 아악! 앗! 깨물지 마! 우앗! 흙 뿌리지 말라고! 안 보인다고! 이힝! 이게 아닌데…….”

그리고 이현이 말한 대로 되었다.

소동들이 한꺼번에 달려들자 강식도 어찌할 수가 없었다. 당황해서 휘두르는 주먹은 무색하게 허공을 갈랐을 뿐이다.

덤벼드는 아이들이 사지에 매달려 깨물고 꼬집고 흙을 뿌려 대니 강식도 버틸 재간이 없다. 이리저리 버텨 보지만 결국 뜻대로 되지 않고 주저앉을 수밖에 없었다.

쓰러진 강식의 몸 위로 아홉 명의 소동들의 발길질과 주먹질이 쏟아지는 것은 당연한 전개였다.

“크하하하핫! 그렇지! 그렇게! 싸움에서는 다구리가 장땡이지! 암! 밟아! 더! 밟을 땐 확실히 밟아야지! 그렇지! 우리 병아리들 잘한다! 아! 안 되면 짱돌이라도 들던가!”

이현이 웃고 있었다.

마치 현장에라도 있는 듯 몸소 허공에 주먹을 휘두르고 직접 발길질한다.

강식을 때리는 데에 정신이 팔린 아이들이 볼 리 없었지만, 이현은 그런 것 따위는 아무래도 상관없는 듯 보였다.

“…….”

청화는 멍하니 그런 이현의 모습을 바라보았다.

이현의 말에 겁도 없이 주먹에 내공을 담는 강식에게 덤벼드는 소동들이나, 그런 소동들의 활약상에 제 일처럼 날뛰는 이현이나.

청화의 눈엔 어째 하나같이 한심하게만 보이는지 모를 일이었다.

"피, 피다! 피닷! 이씨! 내가 다 이를 거야! 우애애앵!"

싸움은 기어이 피를 본 강식이가 눈물을 터트리고서야 끝이 났다.

"흥! 하나도 안 무섭거든? 우리 교관님은 무지무지 강하고 엄청엄청 멋진 분이시니까! 앞으로 한 번만 더 우리 괴롭히기만 해 봐! 또 때려 줄 테니까!"

소동들을 대표한 동철이가 강식의 엄포를 맞받아치며 승자의 여유를 만끽하고 있었다.

그렇게 소동들의 설욕전은 승리로 끝이 났다.

싸움이 끝나고.

한창 싸움으로 어지러워진 공터에는 소동들과 이현. 그리고 청화가 서 있었다.

등도촌 아이들은 울음보 터진 강식을 부축해서 도망친 지 오래다.

반짝! 반짝!

첫 승리로 한껏 사기가 오른 소동들은 초롱초롱한 눈빛

으로 이현을 바라보고 있었다.

그 시선에는 깊은 신뢰가 가득하다.

이현의 가르침대로 해서 기어이 싸움에서 이겼으니 어찌 보면 당연한 결과다.

"헤헷! 이겼어요!"

"막막! 무서웠는데요? 그런데 용기 냈어요! 교관님 말처럼 이기고 싶었어요!"

이현을 향한 소동들의 시선에는 '잘했죠? 칭찬해 주세요!'라는 무언의 바람이 듬뿍듬뿍 담겨 있었다.

순순한 바람이 담긴 열여덟의 눈빛을 한 몸에 받은 이현은 헛기침을 삼켰다.

"큼큼! 뭐? 왜? 어쩌라고! 고작 한 번 이긴 것 갖고 유치하게!"

'이것들이 어색하게 왜 이래?'

생전 처음 받아보는 눈빛에 이현은 자신도 모르게 움찔한 발자국 물러나 버렸다.

이럴 땐 당최 어떻게 해야 할지 모르겠다.

"유, 유치하게 한번 이겼다고 조, 좋아하지 마라! 다음에 다시 덤벼들면 그때도 이겨야지! 아, 알겠냐!"

"예!"

어색한 이현의 말에 소동들이 아기새처럼 짹짹 거린다.

'염병!'

그 대답이 이현을 더욱 어색하게 만들었다.

한시라도 빨리 이 순간을 모면하고 싶은 이현은 급히 눈을 돌려 청화를 바라보았다.

"야. 쥐똥!"

"이씨! 쥐똥이라고 하지 말라니까! 왜?"

"받아."

"뭔데?"

"돈."

이현이 청화에게 건넨 것은 전낭이었다.

열어보진 않았지만, 아침에 간저패에게서 뜯어낸 것이니 액수가 소박하진 않을 것이다.

"다친 애들 데리고 의방 갔다 와. 남는 돈은 여기 병아리들이랑 맛있는 거 사 먹고 놀고. 시간 되면 알아서 올라와라."

"내가? 너는? 너도 같이 가자. 너도 같이 놀아야지."

청화의 말에 이현은 어깨를 움찔거렸다.

"맞아요! 교관님 같이 놀아요!"

"교관님 저랑 맛있는 거 먹어요!"

소동들까지 눈을 반짝이며 이현을 붙잡으려고 든다.

이 불편한 상황에서 한시라도 빨리 벗어나고 싶다.

그런데 여기서 붙잡혀 버리면 종일 이 불편한 상황 속에서 허우적거려야 할 것이다.

그런 건 싫다.

"유, 유치하게 애들이랑 놀기는 뭘 놀아! 애들은 애들끼리 놀아! 나는 볼일 있어서 먼저 가 봐야 하니까."

그러고는 행여 붙잡힐세라 무섭게 걸음을 옮겼다.

"치…… 같이 놀면 좋았을 텐데……."

"맞아. 그렇지만 교관님은 어른이시니까 우리가 이해해야지……."

실망한 소동들이 저마다 한마디씩 내뱉는다.

그 모습에 청화는 저도 모르게 피식 웃음이 터져 나왔다.

"하! 어른? 쟤가? 웃기고 있네!"

어처구니가 없었다.

어른은 무슨!

애들 싸움에 애들보다 더 열성적으로 날뛰었던 것이 이현이다.

본인 입으로 유치하다고 말했던 그 싸움에 말이다.

심지어 강식이 코피 터져서 울음을 터트렸을 때 환호하던 이현의 모습은 아직도 눈앞에 쌩쌩하다.

청화는 멀어져 가는 이현의 뒷모습을 보며 중얼거렸다.

"하여간 애나 어른이나."

　　　　　*　　　　*　　　　*

　"이 인간이 도대체 무슨 생각이지?"

　의자에 앉은 간저는 진지하게 고민하고 있었다.

　아침 댓바람부터 찾아온 이현.

　다짜고짜 등도촌에서 가장 용한 의방의 위치와, 돈을 요구했다.

　당연히 줬다.

　화사한 웃음과 함께 묵직한 전낭과 손수 그린 약도까지 넘겼다.

　문제는 이현이 대체 왜 이런 것을 요구했느냐다.

　"그것도 근 한 달 반 만에 찾아와서!"

　무당파가 기침하면 몸살을 앓는 곳이 등도촌이다. 하물며 암흑가를 지배하는 간저패 일당은 더더욱 촉각을 곤두세워야 하는 처지다.

　이젠 한 배를 타기로 하지 않았는가.

　그러니 간저에게 있어서는 이현의 의중을 읽고, 무당파의 분위기를 살피는 것이 조직의 안녕과 무궁한 발전을 위한 필수 요건 중 하나였다.

　"하여간 저 미친 인간!"

돌아가지 않는 머리 굴려 봐야 답이 안 나온다.

오랜만의 대뇌 활동으로 말미암은 과부하에 뒷목이 뻣뻣
해질 지경이다.

벌컥!

"크, 큰일 났습니다! 애들이! 애들이!"

갑자기 문이 열렸다. 뛰어 들어온 사람은 유독 남다른 머
리 둘레를 자랑하는 대두였다.

야리야리한 몸에 그 큰 머리를 얹고 달린 탓인지 대두의
이마에는 식은땀이 가득했다.

하지만 간저는 대두의 건강 상태에 의문을 표할 정신이
없었다.

"애들이라니? 뭐야? 어떤 놈이 반란이라도 일으킨 것이
냐!"

애들.

암흑가에서는 수하들을 일컫는 은어다.

등도촌의 암흑가를 지배하는 간저이니 유독 그 말에 만
큼은 예민하게 반응할 수밖에 없었다.

"그, 그것은 아니고요."

당장에라도 밖으로 튀어 나갈 것 같은 간저의 기세에 대
두는 움찔 목을 움츠렸다.

"그것이 아니면 뭐? 우리 애들이 뭘 어떻게 했는데?"

"그것이 아니라 오늘 도사님께서 찾아오시지 않으셨습니까."

"그, 그런데? 그것이 왜? 설마 우리 애들이 도사님을 건드리기라도 한 것이야? 내 이것을!"

"도사님이 애들과 함께 무당산에서 내려왔었습니다."

"도사님이 애들이랑? 무슨 소리야? 우리 말고 무당파가 섭외한 놈들이 또 있다는 것이야?"

무당파와 연이 닿은 동종 업계의 조직.

간저패에게는 심각하게 고려해야 할 사항이다.

자칫 잘못했다가는 이대로 팽 당하고 버려질지도 모를 일이다.

"아니, 그것이 아니고요!"

대두는 가슴을 쳤다.

어떻게 대화를 하면 할수록 오해만 커지고 있었다.

"그게 아니면! 이 자식은 뭔 말만 하면 그게 아니라고만 지껄이고 있어! 그럼 뭐! 똑바로 이야기하라고 이 자식아! 대가리 확 따다 격구해 버릴까 보다!"

답답한 것은 간저 또한 마찬가지다.

서슬 퍼런 간저의 기세에 대두는 크게 한숨을 내쉬었다.

"그러니까 그 애들이 대형이 생각하는 애들이 아니고, 진짜 애들 말입니다. 무당파 소동들!"

빡!

"진작 그렇게 이야기했으면 됐잖아! 뭘 어렵게 이리 꼬고 저리 꽈서 사람 골치 아프게 만드느냐!"

'애들'의 정체를 알게 된 간저의 솥뚜껑만 한 손바닥이 대두의 머리를 강타했다.

"아! 그렇다고 제가 틀린 말을 한 것도 아니지 않습니까!"

"근데? 그래서 뭐? 그 미친놈이 소동들 데리고 내려온 게 무슨 문젠데?"

깔끔하게 대두의 항변을 무시한 간저가 본론을 물었다.

"등도촌 애들이랑 싸웠답니다."

"그럼 아까 찾아 온 것도?"

간저의 머리가 빠르게 돌아갔다.

이제야 풀리지 않은 실마리를 한 꺼풀 풀어낸 듯했다.

"그래! 맞아. 그래서 의방 위치를 묻고, 돈까지 받아 간 거야."

"예! 아무리 애들 싸움이라지만 부상자는 나오기 마련이니까요. 싸움이 끝난 뒤에는 사기를 높이기 위해서라도 유흥은 뒤따르는 법이지요."

대두 또한 고개를 끄덕이며 설명을 덧붙였다.

"제기랄! 애들 까까 사 줄 거였으면 미리 이야기라도 하던가!"

오늘 하루 간저를 괴롭히던 의문은 풀렸다.

전혀 기쁘지가 않았다.

"제길! 그 돈이면 사 인 가족이 한 달은 놀고먹어도 될 만한 돈이라고!"

아이들 간식거리 사 먹을 것인지도 모르고 꾹꾹 정성껏 담아 건넨 돈이었다.

과해도 너무 과한 액수다.

"지금 그게 중요한 것이 아니지 않습니까."

무당파 소동들의 입으로 생돈 들어가는 것을 아까워하는 간저의 모습에 대두가 소리를 높였다.

"그러면? 그럼 뭐가 중요한데! 세상천지에 돈 보다 중요한 것이 어디 있다고!"

"싸웠다지 않습니까! 싸웠다고!"

"그깟 애들 싸움이 뭐가 대수라고 이 난리야!"

"그깟 애들 싸움에 강가장의 차남이 코피 터졌다고 하니 문제가 아닙니까!"

"강가장?"

순간 간저는 눈을 부릅떴다.

놀라기는 이르다.

지금 머릿속에 떠오른 강가장이 대두가 이야기하는 강가

장과 같은 곳인지 맞춰 봐야 했다.

"그 개도 태극권 익힌다는 등도촌에서 유일하게 태극권을 익히지 않는 거기?"

"예."

"그 장주 부인이 남궁세가의 직계라던 거기?"

"예!"

"우리가 애들한테 절대 근처에도 얼씬거리지 말라고 했던 거기?"

"예!"

"그 차남 이름이."

"굳셀 강(强) 알 식(識)! 그 강식이요!"

끝끝내 아니길 바랐던 소박한 바람은 차갑게 배신당해 버렸다.

슬픈 예감은 이번에도 빗겨가지 않았다.

"제기랄!"

절로 튀어나오는 욕설을 눌러 담을 틈도 없었었다.

간저의 얼굴은 심각하게 굳어졌다.

"알고 그랬을까?"

"설마 무당파가 그것도 모르고 그랬겠습니까?"

"왜? 남궁세가와 척 져서 뭐 하려고?"

간저가 버럭 소리를 질렀다.

"같은 정파잖아! 같은 무림맹 소속에 오검연이라고 패거리까지 만들고 뭉쳐 다니던 놈들이잖아! 그런데 왜!"

강식의 아비는 강가장주다. 그럼 그 어미는 당연히 남궁세가의 직계 출신인 강가장주 부인이다.

간단하게 보자면 그냥 강가장의 손에서 끝날 일이다. 하지만 세상사 마냥 간단하고 간편하게 흘러가는 일은 없는 법이다. 심각하게 보자면 남궁세가와 관련된 일이기도 했다.

무당에 검제가 있으면 남궁세가에는 검왕이 있다고 했다.

그 성세가 가히 단일 세가로는 정파 다섯 손가락 안에 꼽히는 남궁세가와 관련된 일이라면 결코 가볍게 무시하고 넘어갈 수 있는 문제가 아니었다.

어쩌면 이제 겨우 무한 진출의 꿈을 꾸기 시작한 간저패의 존폐마저 위태로울 수 있는 일이었다.

"그것이……."

"뭐? 짚이는 것이라도 있느냐?"

조심스럽게 말문을 여는 대두의 모습에 간저가 눈을 희번덕거렸다.

미우니 고우니 해도 결국 이 상황에서 간저가 기댈 수 있는 사람은 유일하게 머리 굴릴 줄 아는 대두밖에 없었던 탓이다.

"그동안 무당파가 너무 잠잠했던 것이 사실이지 않습니까. 강호 활동을 멈춘 것은 아니지만, 생각해 보면 무당파란 이름에 걸맞을 정도는 아니었지요."

"그래서! 뭐? 지금 와서 무당파에 이름에 걸맞은 행보를 보이겠다는 거야? 뭐야?"

"그렇지요."

"응?"

신경질적으로 내뱉은 말에 대두가 고개를 끄덕여 버렸다.

예상치 못한 기습 아닌 기습에 간저는 대체 상황이 어떻게 돌아가고 있는 것인지 종잡을 수가 없었다.

"그게 무슨 소리야?"

"무당은 강호 활동을 최대한 자제해 왔습니다. 안으로 힘을 쌓고 내실을 다졌다고 보아도 좋겠지요. 그리고 최근 저희 간저패를 얻었지요."

"그, 그렇지?"

실질적으로 무당파는 간저패를 얻은 적도 얻고자 했던 적도 없었지만, 어찌 되었든 대두와 간저는 그렇게 알고 있었다.

대두의 목소리가 무거워졌다.

"수신제가(修身齊家) 치국평천하(治國平天下)!"

"뭔 말이야? 문자 쓰지 말고 제대로 설명하라고!"

"안으로 안정을 도모하고 나라를 다스린다는 뜻입니다. 우리 간저패를 복속시키고, 오늘 소동들을 동원해 남궁세가와 연이 있는 강가장의 차남을 건드린 이유가 무엇이겠습니까."

"그러니까 이제 무당파가 본격적으로 강호에 나서려고 한다?"

"그렇지요! 그것도 전에는 볼 수 없었던 파격적이고 패도적인 행보를 말이지요."

대두의 설명에 간저는 짚이는 것이 있었다.

"세력 확장!"

흔히 암흑가에서 자주 찾아볼 수 있는 일이었다. 그렇다고 무림도 크게 다른 것은 아니다.

어느 문파건 충분한 힘이 쌓이면 세력을 넓히기 마련이다.

그럼으로써 더 많은 이익을 거두고, 더욱더 뛰어난 제자들을 받아들일 수가 있다.

아무리 돌아가지 않는 머리지만 이쯤 되면 대충 상황이 어떻게 돌아가는지 눈에 보일 수밖에 없었다.

"양으로는 무당파가 세력을 확장하고, 우리 간저패는 무당파가 확장한 세력권의 암흑가를 장악한다?"

"그편이 잡음을 줄이는 방법일 테니까요."

고개를 끄덕이는 대두의 대답에 간저는 벌써 계산에 들어가 있었다.

하나. 둘.

계산에 계산을 더 할수록 간저의 입가에 걸린 웃음이 짙어져갔다.

"카하하하핫! 이거 완전 대박이구만!"

"무한 하나 삼키는 것과는 비교가 안 되는 일입니다."

대두도 마주 웃었다.

무당파는 오랜 역사를 가진 명문 무파다.

지금은 비록 그 성세가 과거보다 모자라는 면이 있다고 하나, 그 저력이 어디 가는 것은 아니다.

잘만 된다면 강남의 절반이 무당파의 영역권 안으로 들어갈 수도 있다.

그렇게 되면 간저패의 세력권 또한 강남을 아우르게 된다.

당연히 들어오는 수입 또한 상상도 할 수 없게 늘어날 것이다.

어느 날 갑자기 찾아온 찬란한 미래를 보여 주는 청사진에 간저는 좀처럼 웃음을 떨쳐 낼 수가 없었다.

"크하하하핫! 좋아! 아주 좋아! 그쯤 돼야 이 간저님이 무당파와 손을 잡은 것이 말이 되지! 암!"

그저 살기 위해 무릎 꿇었던 것이었지만, 지금 간저에 그런 기억 따위는 깡그리 사라져 버린 지 오래다.

복도 이런 복이 없었다.

"그 미친 도사! 아니, 도사님은? 도사님은 지금 어디 계시느냐!"

그리고 이런 복을 끌고 온 복덩이의 얼굴도 보고 싶었다.

되도록 마주치고 싶지 않은 상판이었지만, 지금 이 순간에는 찐하게 입맞춤이라도 해 줄 수 있을 성싶었다.

간저는 그만큼 기뻐했다.

그리고.

"뭐 재미있는 일이라도 있나 봐?"

간저의 간절한 바람이 통했는지 그토록 보고 싶었던 이현이 눈앞에 떡 하니 버티고 있었다.

'어, 언제!'

언제 들어왔는지도 모른다.

그냥 원래부터 그 자리에 있었다는 듯 떡 하니 집무실 한가운데에 서서 버티고 서 있었다.

목소리를 듣지 않았더라면 존재 자체를 알아차리지도 못했을 것이다.

꿀꺽!

좀처럼 웃음을 숨기지 못하던 간저는 자신도 모르게 마른침을 삼켰다.

'드, 들었을까?'

대두를 향한 눈빛은 그렇게 묻고 있었다.

조금 전 이현을 미친 도사라 칭했던 것이 못내 마음에 걸리는 눈치였다.

'그, 글쎄요?'

대두 또한 이현이 언제부터 이곳에 와 있었는지 전혀 모르는 눈치다.

"오, 오셨습니까?"

간저는 불안한 마음으로 이현을 맞이했다.

이현은 고개를 끄덕였다.

그리고 물었다.

"오냐. 오셨다. 근데 그 미친 도사 말이야. 설마 나는 아니지?"

"그, 그럼요! 어떤 미친놈이 죽으려고 도사님을 욕하겠습니까!"

당황한 간저가 급히 변명했다.

"그래?"

히쭉!

반문하는 이현이 웃었다.

'드, 들은 거야 못 들은 거야? 이 인간이 사람 불안하게!'

그 웃음이 간저를 더욱더 불안하게 만들었다.

그러고 보니 이현은 집무실에 들어오던 그 순간부터 웃고 있었다.

"저⋯⋯ 무슨 기분 좋은 일이시라도?"

호기심 해결과, 화제를 바꾸기 위해 간저가 조심스럽게 물었다.

이현이 말했다.

"좋은 일은 무슨. 그보다 일단 박고 시작하자!"

"드, 들으셨습니까?"

"어떨 것 같냐?"

들었다.

확실히!

*   *   *

"내공 쓰면 죽는다?"

"흡! 끄응! 옙!"

경고 한 번에 간저의 입에서 죽는 소리가 흘러나왔다.

육중한 몸의 무게를 두 발과 머리로 지탱해야 하는 간저의 괴로움을 뒤로하고 두 사람은 담담히 이야기를 나누고 있었다.

"한동안 방문이 뜸하셔서 얼마나 걱정했는지 모릅니다."

대두의 말에 이현은 미간을 찌푸렸다.

"아! 병아리들 돌보느라고."

"병아리요?"

"소식 안 들어갔나? 오늘 같이 내려온 애들."

"아! 직접 가르치시는 것이셨습니까?"

그제야 대두가 말을 이해한 듯했다.

그러나 이현은 쓸데없는 대화로 시간을 허비하고 싶지 않았다.

"어! 그건 됐고. 시킨 일은?"

본론으로 넘어갔다.

굳이 오늘 두 번이나 이곳에 발걸음 한 것도 이것 때문이다.

이현의 물음에 대두는 재깍 반응했다.

"아! 여기 그간 조사한 자료들과 그 과정에서 얻어 낸 정보들을 정리한……."

두툼한 서류뭉치를 건넨다.

보는 것만으로도 이현의 머리를 지끈거리게 하는 마력을

뿜어내는 규모다.

이현은 그 지끈거리는 서류에서 벗어날 방법을 잘 알고 있었다.

'이래서 사람은 경험이 중요한 것이지!'

서류의 공습은 이미 혈천신마 때 겪어 봐서 알고 있다. 전 중원을 상대로 전쟁을 벌였던 만큼 하루에도 올라오는 서류의 양은 어마어마했다.

그리고 이현은 그것을 모두 깔끔하게 처리하는 업무 능력을 자랑했었다.

"읽어."

아랫사람을 이용해서.

이래서 사람은 일단 성공하고 볼일이다.

"저희 측에서는 우선 하오문과 흑점에 공식 의뢰를 넣었습니다. 개방은 아무래도 무당파와 이미 연이 닿아 있는 관계로 제외하였고 그 와중에 소요된 금액은 현재까지 금 이백……."

"짧게. 요점만."

아랫사람을 이용해 서류의 공습을 피하는 법만 익힌 것이 아니다.

시간을 절약하는 방법도 충분히 익히고 있었다.

이현의 요구에 대두가 잠시 입술에 침을 발랐다.

생각을 정리하는 모양이었다.

그리고.

"신강에서 야율한이란 성함을 쓰시는 분은 총 세 분이었습니다. 한 분은 올해로 세수 일흔아홉이시라 요건에서 제외되었고, 다른 분은 마흔둘이라 제외되었습니다."

"그래서?"

"마지막 한 분은 도사님께서 말씀해 주신 대로 열아홉이 확실하다고 합니다. 태어난 연시도 정확히 일치하였었고……."

"오! 찾았군!"

이현이 눈을 반짝였다.

이현이 간저패에게 시킨 일.

그것은 자신을 찾는 일이었다.

과거 혈천신마였던 자신은 이제 이현이 되었다. 그렇다면 그 몸은 어떻게 되었는가. 그 몸의 주인은 과거의 자신인지, 아니면 다른 누군가인가.

그것을 확인해야 했다.

그리고 이제야 그 소식을 들었다.

정확히 일치하는 나이와 생년월일.

그것만으로도 이현의 마음은 흥분으로 차오르기 시작했다.

'확실히 해야 한다. 내 몸의 주인이 과거의 나냐, 아니면 지금의 나처럼 다른 놈이 들어가 앉은 것이냐를 확실히 알아야 앞으로의 행동을 결정할 수 있다.'

"그런데 이상한 것이 있습니다."

"이상한 것?"

"무림인이 아닙니다. 말씀하셨던 것처럼 마적들과도 아무런 연관이 없는 데다가, 현재 하시는 일이……."

"뭐하는데?"

"푸줏간을 운영하고 계십니다. 직접 도살까지 겸하시는데 칼 솜씨가 아주 예술이라 인근에 명성이 자자 하다고 하답니다."

"그럼 아니야!"

몸의 주인이 누가 되었던 그 몸은 야율한이다.

강대한 혼원살신공의 기운이 꿈틀거리고 있는 야율한의 몸을 가지고 기껏 푸줏간이나 운영하고 앉아 있을 리는 없다.

"그럼 현재로서는 아직 찾지 못했다고 봐야겠지요."

"끙……!"

대두의 단정적인 대답에 이현은 않는 소리를 낼 수밖에 없었다.

'내가 사라지다니? 설마 다른 놈이 내 몸에 들어와 앉은

건가?'

몸의 주인이 과거의 자신이었다면, 분명 과거 야율한이 했던 행보를 그대로 행하고 있어야 한다.

그런데 그렇지 않다면 문제는 복잡해진다.

몸에 다른 놈이 들어와 앉은 것이다.

지금의 이현처럼.

"골치 아프군!"

과거의 나와 싸워야 하는 것도 문제지만, 과거의 내 몸에 다른 놈이 들어와 차지하고 있다는 것도 문제다.

과거의 나는 예측할 수 있지만, 다른 놈이 들어간 몸은 예측할 수가 없다.

'신검…… 그 말코가……!'

가장 먼저 의심 가는 것은 무당신검이다.

혈천신마가 이현의 몸에 들어가 있듯, 무당신검이 야율한의 몸에 들어가 있다는 것이 가장 말이 되는 상황이다.

'그럼 날 죽이려고 했겠지.'

야율한의 몸에 들어간 주인이 무당신검이라면 그의 목적은 확실히 하나일 것이다.

혈천신마. 아니, 지금의 이현을 죽이는 것.

혼원살신기는 없으나 혼원살신기를 익히는 방법과 경험을 가진 지금의 이현이다.

평생을 호적수로 맞서온 그라면 어떻게든 자신을 죽이려 했을 것이다.

가능하다면 힘이 약해져 있는 지금.

그편이 앞으로 무림에 벌어진 혈겁을 막을 수 있는 가장 확실한 방법이었으니까.

그런데 그런 기미는 없다.

'확실한 것은 아니다. 확실한 것은!'

복잡해지는 생각을 애써 고개를 저어 털어 냈다.

아직 확실히 밝혀진 것은 없다.

"그리고 이것은 이미 알고 계실 테지만은……."

"쉰 소리 말고 요건만 간단히!"

또다시 말이 길어지려는 대두의 말을 이현이 단칼에 잘랐다.

한 번 노려봐 주니 대두가 겁을 집어먹고 허리를 곧게 세운다.

덕분에 이현이 원하는 대로 요건만 간단해졌다.

"마교 분위기가 심상치가 않습니다!"

이현의 눈썹이 꿈틀거렸다.

눈빛이 깊어지고 입가에는 슬며시 미소가 자리 잡기 시작했다.

"예를 들면?"

"마교가 곧 무사들을 움직일 듯합니다!"

이현의 물음에 대두는 확언하듯 말했다.

"그렇군!"

마교의 움직임.

드디어 과거와 마주했다.

第六章

마교는 천마자검대를 신강에 파견한다.

중원은 알지 모르겠으나, 그 이면에는 마교가 운영하던 위장 상단이 마적떼에게 몰살당하면서 시작된 출정이었다.

근 일백에 가까운 고수들로 이루어진 천마자검대와 그들을 지휘 아래에 뒤따랐던 삼백의 마교 무사들.

'하지만 패하지. 고작 마적떼들한테!'

그 천마자검대파 마적떼에게 패한다.

당시 천마자검대와 맞섰던 신강의 마적떼를 통합한 주인은 야율한이었다.

훗날 천마가 죽고 마교가 무너진 것도 그날의 악연이 시발점이었다.

'확실히 이맘때쯤이었지.'

기억을 더듬어보던 이현은 고개를 끄덕였다.

'기다리면 곧 결과는 나온다.'

신강에 과거의 자신이 존재하는지 존재하지 않는지는 그때가 되면 확실해질 것이다.

야율한이 없는 마적들이 마교의 공세를 막아내는 것은 불가능했으니까.

기다린다.

결국 시간이 모든 것을 확실히 해 줄 것이다.

결국, 당장은 아무것도 할 수 있는 것이 없다.

어찌 보면 아무런 소득도 없이 돌아가는 길이었다. 그런데도 이현의 발걸음은 가벼웠다.

'소동분들이시라면 어차피 태극권까지밖에 익히지 못하시는 분들이지 않습니까. 태극권도 이미 널리 퍼져 전 강호가 알고 있는 것이니 유출될 걱정을 할 필요도 없고 말이지요.'

소동들을 가르치느라 그동안 왕래하지 못했다는 이현의 말에 대두가 했던 말이다.

대두의 말은 사실이었다.

태극권은 이미 강호에서 유명무실한 권법이다.

무당 모든 무공의 시발점이 그곳에 있었지만, 반대로 전 강호의 모든, 무림인들이 알고 있는 평범한 권법이기도 했다.

심지어 각 지역마다 달리 발전되고 계승되어 온다.

강북의 태극권이 다르고, 강남의 태극권이 다른 것 또한 그 때문이다.

소동들이 자유롭게 외출을 할 수 있는 것도 그런 이유에서였다.

유출되어도 상관없으니까.

'어차피 유출되어도 상관없는 무공들을 익히시는 분들이시니 어디에서 수련한다고 하여도 이상할 것 없지요. 명만 하신다면 저희가 필요한 장소와 물품들을 모두 준비하겠습니다.'

심지어 대두는 경제적 지원까지 약속했다.

'태극구공이 걸리지만…… 그것도 어차피 기본공일 뿐이고.'

이현도 바보는 아니다.

장문인이 그에게 소동들을 붙여 놓은 것도 그 태극구공을 전수하게 하기 위함임을 알고 있었다.

지금까지야 귀찮고 뻑하면 울어 대는 소동들 때문에 가르칠 마음이 없었지만, 지금은 다르다.

이제는 소동들을 다루는 데도 익숙해졌고, 전처럼 소동들이 마냥 귀찮지만은 않았다.

오늘 등도촌에서의 싸움이 점수를 얻은 것이다.

그러니 가르치긴 가르칠 것이다.

그 태극구공이 걸리지만 크게 걱정하거나 하지는 않았다.

태극구공은 본디 태극권을 익히기 전에 익히는 기본공이다.

태극구공의 가치는 거기까지다.

태극권이 유출되어도 상관없는데, 태극구공이라고 특별할 것은 없다.

'중요한 것은 전수되어 진다는 것이다.'

유실되어 사장되어질 뻔한 태극구공이 다시 무당파에서 전승된다는 것.

전승되지 못한다면 문제가 되지만, 그렇다고 유출되는 것을 막을 만큼 비밀에 감출 필요도 없는 것.

태극구공은 그것이면 충분했다.

그러니 크게 걱정할 것이 없다.

'뭐라고 약을 쳐야 할까?'

이현은 행복한 상상을 했다.

등도촌에서의 수련이 왜 필요한지는 설명해야 할 것이다.

그 정도까진 충분히 할 용의가 있었다.

적어도 등도촌에서 소동들을 가르칠 수만 있다면, 틈틈이 농땡이 피며 술도 마시고 몰래 고기도 먹는 행복한 무당 생활을 영위할 수 있게 되니까.

이현의 머리는 어떻게 하면 교두 다현을 구워삶을지에 대해 진지하고 심오한 작전을 구상하고 있었다.

그러는 사이 이현은 어느덧 무당의 산문.

해검지(解劍池)에 다다르고 있었다.

"……뭐지?"

순간 막 해검지로 들어서던 이현의 걸음이 멈췄다.

분위기가 이상하다.

평소보다 해검지를 지키는 도사들의 숫자가 많다. 그리고 하나같이 이현의 등장에 촉각을 곤두세우는 기색이 역력하다.

순간.

챙챙챙챙!

어느덧 무당 도사들이 뽑아낸 검들이 이현의 목을 겨누었다.

이현과 같은 현자 배분 제자들의 검이다.

피하자면 못 피할 것도 없었지만, 이현은 일단 기다렸다.

'이유는 알아야 할 테니까.'

웃음이 가득했던 얼굴은 어느덧 차갑게 가라앉은 지 오래다. 여차하면 언제든 손을 쓸 수 있게 가벼운 긴장감을 끌어올린 지 오래다.

그리고.

저 멀리서 누군가 이쪽으로 걸어왔다.

"자주 뵙습니다?"

이현은 웃었다.

아는 얼굴이다.

집법당주 청백.

이현을 참회동에 가둔 것도, 이현을 참회동에 빼낸 것도 모두 그였으니 모를 리 없다.

집법당주 청백은 이현의 건방진 아는 척에도 반응하지 않고 소리쳤다.

"죄인 이현! 순순히 오라를 받아라!"

집법당주가 소리쳤다.

　　　　　*　　　*　　　*

　'꼴사납게.'

　철삭(鐵索)으로 칭칭 감긴 이현은 눈을 찌푸렸다.

　상황이 어떻게 된 것인지 파악하기도 전에 당한 일이다.
반항하려 했지만, 뒤이어 모습을 드러낸 청수진인 탓에 순
순히 잡힐 수밖에 없었다.

　그리고 끌려왔다.

　장문인을 비롯한 무당을 이끌어 가는 어른들이 한자리에
모여 있었다.

　'익숙한 풍경이군.'

　처음에는 덜컥 겁부터 나더니 이제는 별다른 감흥도 느
껴지지 않는다.

　설마하니 죽이기야 하겠느냐는 마음이다.

　아마 한 사람 때문에 무당의 어른들이 이렇게 자주 모인
것도 처음일 듯싶다는 생각까지 할 정도로 이현은 여유로
웠다.

　그리고 돌아가는 상황을 유심히 살폈다.

　'병아리들은 왜 있어?'

　대전 구석에 아홉 명의 소동들이 옹기종기 모여 있었다.

　고개를 돌려 앞을 바라보니 저마다 이야기가 한창이다.

"어찌 이리 악독할 수가 있단 말입니까! 이가 부러지다니요! 온몸에 멍이 들고, 피까지 봤다고 하지 않습니까!"

"어디 그뿐입니까? 제보에 의하면 명치와 인중 같은 급소를 때리는 데에도 망설임이 없었다고 합니다."

"하! 깨물기라니요! 흙 뿌리기는 뭐고! 눈 찌르기는 대체 무엇이란 말입니까! 내 살다 살다 우리 무당의 가르침을 받는 이들이 그처럼 간악한 짓을 저지를 줄은 상상도 못했습니다!"

"강가장 차남 문제가 제일 크지요! 대체 어떻게 때렸기에 단전에 금이 다 간단 말이에요! 금이!"

저마다 강변을 토한다.

'대충 어떻게 돌아가는지는 알겠군.'

그들의 대화를 살핀 이현은 조용히 고개를 끄덕였다.

그런 이현의 짐작을 확신이라도 시켜주듯, 그의 뒤에 한 발 물러서 있던 청수진인이 조용히 이현을 나무랐다.

"너무 과하였구나!"

'역시 오늘 애들 싸움 때문인가?'

이현은 헛웃음을 흘렸다.

결국, 오늘 낮에 벌어진 소동들과 등도촌 아이들의 싸움에 관해 이야기하는 듯했다.

고개를 돌려 보니 혜광은 없다.

누구보다 이현의 생각을 적극 지지했던. 아니, 이현보다 더욱더 과격한 주장을 뿜냈던 혜광은 보이지 않았다.

'하여간 그 미친 노인네는 필요할 땐 꼭 없어요!'

이현은 삐죽 입술을 내밀었다.

가장 필요한 순간에는 모습을 감춘 혜광이 얄밉기 그지 없었다. 아니, 어쩌면 이럴까 봐 꼬리를 감추고 모습을 드러내지 않는지도 몰랐다.

'하여간 마음에 안 드는 노인네야!'

이현은 절래 고개를 저었다.

그런데 문득.

이현의 귀를 잡아끄는 내용이 있었다.

"쫓아야 합니다. 어차피 소동들의 일이지 않습니까! 소동들이 저지른 잘못에 우리 무당파가 이처럼 소란스러울 필요가 있습니까?"

"쫓는다 하심은?"

"다른 뜻이 있겠습니까! 말 그대로지! 오늘 이 사건에 연루된 소동들은 모두 사가로 돌려보내면 될 일 아닙니까! 어차피 잘못도 그 소동들이 저질렀으니, 그 책임 또한 소동들이 져야 함이 마땅하지 않겠습니까."

"그래도 그것은 너무 가혹한……."

"가혹하기는 무엇을요! 잘못했으면 책임을 져야지요! 당사자가 아니면 누가 진단 말입니까? 강가장 차남의 단전에 금이 갔습니다! 금이! 강가장주의 부인은 현 남궁가주의 셋째 동생입니다. 달리 검왕의 직계 혈족이란 말입니다! 자칫하면 이 일은 우리 무당파와 강가장의 일이 아닌, 무당파와 남궁세가의 일로 번질 수 있음을 왜 모르시는 것입니까!"

"흠! 크흠!"

의외로 장문인을 비롯한 집법당주는 아무런 말이 없다.

소동들을 사가로 돌려보내야 한다는데 가장 목소리를 높이고 있는 인물은 우진궁주(遇眞宮主) 청고(淸高)였다.

주로 외부에서 찾아온 손님들이 기거하는 자리를 마련하고 관리하는 한편, 무당파의 외적인 업무를 담당하는 우진궁의 주인인 만큼 이번 일로 이어질 여파를 걱정하지 않을 수가 없었다.

특히나 남궁세가와 관련된 일이라면 더더욱 그러했다.

같은 오검연의 일원이자, 무당의 태극검제와 비견되는 창천검왕이 존재하는 가문이다.

일이 틀어져서 무당파가 고립되는 불상사가 생기지 말라는 법도 없다.

문제는.

그런 우진궁주의 강변에 소극적으로 반응하는 장로들의 모습이었다.

소동들이기 때문이다.

무당파의 정식 제자도 아닌, 그렇다고 속가 제자의 신분도 얻지 못한 예비 수련생.

그들의 사정이 딱함은 알지만, 그렇다고 그런 아이들을 감싸기 위해 무당파가 희생을 감수해야 한다고 주장하기도 부담스러운 것이다.

"히잉……!"

속으로 삼키는 울음소리가 났다.

소동들 사이에서다.

이현의 고개가 소동들을 향했다.

소동들은 이야기가 나올 때마다 움찔거리며 고개를 숙였다.

무거운 분위기에 차마 북받치는 울음조차도 마음껏 뱉어내지 못하고 속으로 삼킬 뿐이다. 초롱초롱했던 눈동자는 두려움으로 가득 물들어 있었다.

아이들이다.

기껏해야 이제 겨우 여덟 살을 넘긴 아이들이다.

'그런데 이곳엔 저 아이들을 지켜줄 사람은 없지.'

그런 아이들을 누구도 지켜주지 않는다.

무당파의 식구가 아니기 때문이다.

정식 식구가 아닌 아이들을 감싸기 위해 희생을 감수할

수 없는 것이다.

피식!

'웃기는군!'

이현은 실소가 새어 나왔다.

'닮았어.'

닮았다.

'나와.'

과거 야율한이었던 자신의 모습과.

너무나 닮아 있었다.

야율한이었을 때.

부모를 잃고 고아로 신강을 떠돌았다.

아무것도 할 줄 아는 것도, 할 수 있는 것도 없었다.

그리고.

누구도 곁에 있지 않았다. 감싸주지도, 걱정해 주지도 않았다.

가족이, 친구가 아니었으니까.

아무런 필요도 없는 그저 고아 소년에 불과했으니까.

당연한 일이다.

제 한 몸 건사하기도 힘겨운 신강이었으니까.

피를 통한 가족도 아닌 일개 떠돌이 고아 하나를 누가 건사하겠는가.

야율한도.

혼원살신공을 얻지 않았다면 죽었을 것이다.

신강은 그런 곳이었다.

그런데!

이 무거운 분위기 속 대전에도 야율한이 있었다.

아홉 명의 야율한.

누구도 지켜주지도, 책임져 주려 하지도 않은 채 방치된.

이현은 그들의 모습에서 자신을 보았다.

"가만히 있거라! 너도 안전치 않다!"

이현의 기색을 읽었음일까.

뒤에서 그를 지켜보던 청수진인이 엄숙한 목소리로 나직
이 경고했다.

'그렇지. 나도 안전하진 않지.'

이현은 작게 고개를 끄덕였다.

청수진인의 말이 맞다. 그도 안전하지 않다.

오늘 이 사단의 배경에는 소동들을 가르친 이현이 있었
으니까.

자칫하면 모든 책임을 뒤집어쓸지도 모른다.

숨죽이고 그저 가만히 이 폭풍이 지나가기만을 기다려야
했다.

'어려운 일은 아니지.'

옆에서 누가 죽어 나가든 말든 신경 쓰지 않는다.

그저 제 한 몸 건사하고 잘 먹고 잘살면 그만이다.

너무나 쉬운 일이었다.

야율한이었을 때부터 이미 그렇게 살아왔었으니까. 그러니 이번에도 그러면 된다.

그런데.

'하여간 이놈의 무당파는 나랑 안 맞아!'

그 쉬운 일이 이번에는 왜 이렇게 어려운지 모르겠다.

'미쳤어! 미쳤지! 이 등신 같은 놈아!'

이현은 스스로 생각해도 이해되지 않는 자신을 욕하면서도 성큼 한 걸음 앞으로 나섰다.

"이현아!"

등 뒤에서 놀란 청수진인의 목소리가 들린다.

하지만 이현은 걸음을 물리지 않았다.

"거참! 뭐가 그리 문제라서 이 난리랍니까?"

"뭣이?"

"감히 사문의 존장을 앞에 두고 그게 무슨 말버릇이냐!"

그들의 갑을 논박을 가로막은 이현의 물음에 대번에 반발이 돌아왔다.

건방지기 짝이 없는 말투다.

무사히 힘을 되찾을 때까지 숨죽이고 살겠다던 이현의 각오에도 어긋나는 행동이었다.

그러나 이현은 멈추지 않았다.

'몰라! 어떻게든 되겠지!'

뒷일은 생각하지 않기로 한 지 오래다.

생각해 봐야 머리만 아프다.

그러다가 죽으면?

'죽으면 죽는 거지 뭐! 언제 그딴 거 신경 썼다고!'

일단은 지를 수 있는 데까지 지르기로 했다.

"그러니까 뭐가 문제라서 이 난리냐 묻는 것입니까? 우리 병아리들이 등도촌 애들 때려서 이 문젭니까?"

"무당은 도가의 가르침을 받드는 곳이다! 그런 곳에……."

이현의 물음에 우진궁주가 소리쳤다.

이현은 그 말을 가로막았다.

"그래서요? 그래서 뭐? 우리는 무공 안 익힌답니까?"

"뭣이?"

"도가고 나발이고 강호에서 우리는 무공을 익히는 무림 문파입니다. 틀렸습니까? 근데 그 무림문파 애들이 매일 등도촌에서 맞고 왔다더군요! 그런데도 저들끼리 뭐라고 하는지 아십니까?"

이현은 거침이 없었다.

말끝마다 존재를 붙이긴 하지만, 그것은 이미 존대라고 할 수 없었다.

이리저리 꼬이고 꼬인 비아냥이었다.

"……."

도발적인 이현의 언행 탓이었을까.

이현의 물음에 지금껏 목소리를 높이던 우진궁주도 대답할 순간을 놓치고 말았다.

이현은 그런 우진궁주의 두 눈을 똑바로 바라보며 말했다.

"싸우는 게 나쁜 거랬으니까! 그래서 져 준 거랍니다! 어른들이 그랬으니까 그랬답니다! 지금껏 저 애들은 시원하게 제대로 싸워 본 적도 없다는 이야기 아닙니까! 어른들이 그러지 말라고 했으니까! 그런데!"

목소리가 점점 커졌다.

'생각하니까 더 짜증 나네!'

뒤 안 보고 지르기로 작정하고 내뱉는 말이다. 사실 스스로 정리하고 생각한 말도 아니다.

그냥 나오는 대로 뱉었다.

근데 말할수록 화가 난다.

"그런데 무당파는 뭐했습니까? 밖으로는 마인이니 혈인

이니 하는 것들 때려잡는 게 일이면서, 애들한테는 싸우는 건 나쁜 일이라고 가르치는 것이 어디 말이나 됩니까?"

"그것이야 강호 정의를 위한 협행……!"

"강호 정의는 개뿔! 그렇게 정의 좋아하고 협행 좋아하시는 분들이 소동들이 맞고 왔을 때는 뭐 하셨습니까? 애들 싸움에 끼어드는 게 모양새 빠지니까 모른 척하고 넘어간 것 아닙니까! 왜요? 소동들은 정 제자가 아니니까? 속가 제자도 어디에도 속하지 않은, 언제든 내쫓아도 상관없으니까요?"

"우리는 그것이 아니라……!"

우진궁주가 어떻게든 이현의 말을 반박하려고 했다.

하지만 이현은 지금껏 그래 왔던 것처럼 다시 우진궁주의 말을 가로막았다.

"그것이 아니면? 왜 그러셨습니까? 지금껏 맞고 들어오는 소동들은 보듬어 주지도 않더니, 이번에 한 번 때리고 돌아왔다고 이렇게 큰 난리가 난 것입니까?"

이현은 물었다.

"무당 제자 이현이 존장께 묻겠습니다. 무당파는 그동안 무엇을 했습니까!"

이제 할 말은 다 했다.

눈앞이 아득해진다.

'염병! 이젠 뒤졌다!'

할 말 못할 말 가리지 않고 다 쏟아 부었으니 이제 남은 것은 돌아올 후폭풍이다.

가볍지만은 않을 것이다.

어쩌면 정말 단전이 파훼되고 사지근맥이 잘려 파문당할지도 모른다.

아니, 그냥 기사멸조의 죄로 사형될지도 모른다.

'이제 와서 무를 수도 없고.'

이미 엎지른 물이다.

주워 담으려도 주워 담을 수도 없게 되었다.

그러는 동안.

"……."

사위는 쥐죽은 듯 고용한 침묵만이 감돌았다.

"……몰랐었다고 하지 않겠다. 그것은 거짓뿐인 변명밖에 되지 않는다. 명백한 무당파의 잘못이며, 나의 잘못이다."

침묵을 깬 건 지금껏 이현과 대치했던 우진궁주였다.

예상과 달리 우진궁주는 순순히 이현이 말한 모든 것을 무당파의 잘못이라 인정하고 있었다.

하지만 아직 우진궁주의 말이 모두 끝난 것은 아니다.

"허나, 일이 심각하게 되었다. 무당의 과가 있었음은 확실하나……!"

"우진궁주."

우진궁주의 말이 끝나기도 전에 그를 부르는 목소리가 있었다.

무당파 장문인.

청송진인이었다.

"예. 장문."

"이제부터는 제가 이야기를 할까 합니다. 괜찮겠는지요?"

"뜻대로 하시옵소서."

장문인은 부드러운 목소리로 우진궁주의 동의를 얻어 냈다.

그리고.

"네 말이 맞다. 이 모든 사단의 시작은 무당의 과실로부터 왔는지도 모른다. 알면서도 모른 척하였기에, 또한 그것을 당연시 여겼기에 일이 이렇게 된 것이겠지."

장문인 또한 우진궁주와 같은 말을 하였다.

무당의 잘못이라 말한다.

무당의 가르침을 얻고자 소동으로 들어온 아이들이다. 어린 나이에 부모와 떨어져 소동으로 무당파에 맡겨졌으니 그들에 대한 책임 또한 무당파가 져야 함이 맞다.

밖으로는 마인을 벌하고 정의를 바로 세우려 하면서도, 정작 안으로는 소홀히 했다. 소동들에게 싸우는 것은 나쁜 것이라 가르쳐 놓고는, 소동들이 밖에서 맞고 다니는 것에는 관심을 쓰려 하지 않았다.

아이들의 싸움이라 여겼기 때문이다.

아이들의 싸움에 나서는 것은 무당파의 명예가 실추되는 것이라 여겼기 때문이다.

"무당은 가르치려고만 했을 뿐 책임지려고는 하지 않았구나."

장문인은 그렇게 말했다.

'이건 또 뭐야?'

대번에 불호령이 떨어져서 집법당주의 손에 끌려갈 것으로 생각했던 이현은 예상치 못한 전개에 당황하고 있었다.

설마 이렇게 쉽게 무당파의 잘못을 인정할 줄이라고는 상상도 못했다.

"무당파와 내가 그 벌을 져야 함이 마땅하다. 하지만 이번 일은 그렇게 간단한 것만은 아니구나. 무당파의 가르침을 받았다 하기에는 그 손속이 과하고 악독하였다."

꼬집고 깨물고 한 것만이 문제가 아니다.

급소를 치는데 망설임이 없었다. 어디 그 뿐인가, 종래에는 짱돌까지 주워서 패 버렸다.

"……."

이현은 입을 꾹 다물었다.

'싸우는데 그딴 게 어디 있어!'

이현의 싸움 철학과는 위배되는 상황이다.

하지만 무어라 할 수가 없었다.

막무가내로 나오면 이현도 막무가내로 나서면 그만이다.

그런데 장문인이 이렇게 부드럽게 나오니 이현도 막 나갈 수만은 없었다.

이현은 고개를 숙였다.

"제가 그리하라 했습니다. 또한, 제가 가르치는 아이들입니다. 제가 책임지겠습니다. 아이들은…… 아직 어리니 다시 바로 가르치면 될 것입니다."

마음에도 없는 말이지만 여기까지 와서 '나는 관계없소'하고 빠질 수도 없는 노릇이다.

'이건 아닌데!'

그냥 욱하는 마음에 내질렀다가 그 책임까지 모두 뒤집어쓰게 생겼다.

하지만 어쩌겠는가.

나선 순간 책임이 돌아올 것임을 알고 있었던 것을!

"네가 책임을 지겠다는 것이냐?"

"……예!"

놀란 장문인의 물음에 이현은 떨어지지 않는 입을 열어 대답할 수밖에 없었다.

고개를 푹 숙이고 눈을 질끈 감는다.

'아! 이래서 나서면 피 보는 건데!'

마음속은 이미 괜히 나섰다 싶다.

그러나 한번 일어난 파도는 이현의 등을 떠밀고 휩쓸고 있었다.

"좋다. 그 문제는 잠시 뒤에 마저 이야기하자꾸나. 문제는 그것만이 아니다."

"강식인가 하는 그 아이 말씀이십니까?"

"그렇다. 단전에 금이 갔다는구나. 자칫 잘못하면 그 아이는 평생 무공을 익히지 못할지도 모르는 일이다."

장문인의 말에 이현은 고개를 끄덕였다.

아까 장로들이 이야기하는 것을 들어서 알고 있다.

남궁세가와 연결되어 있고, 내가 무인의 생명이라 할 수 있는 단전에 금이 갔다.

확실히 보통 일은 아니다.

남궁세가도, 금이 간 단전도 가볍게 넘어갈 문제는 아니다.

'그거 겨우 몇 대 좀 때렸다고 단전에 금이 가?'

골치 아프다.

'하긴 좀 심하게 패긴 했지.'

괜히 흥분해서 소동들을 부추긴 대가치고는 꽤 비싸게 먹혔다.

'이건 진짜 뒤집어쓰기 싫은데!'

잘못했다가는 정말 모가지 날아가게 생긴 일이다.

하지만 어쩌겠는가.

이미 이현이 만든 파도요 분위기다.

용기 있는 무당 제자 '이현'이 자신이 가르친 소동을 대신해 나서 무당의 잘못을 고하고, 소동들의 잘못을 홀로 뒤집어쓰는 모양새로 흘러가고 있는 것을.

"아앗! 안 돼요! 잘못했어요! 우리가 말 잘 들을게요! 그러니까 우리 교관님 뭐라고 하지 마세요!"

"흐아앙앙! 저희가 잘못했어요. 다신 안 그럴게요! 히끅! 그러니까 우리 교관님은…… 히끅! 히끅!"

심지어 지금껏 바짝 얼어 가만히 있던 소동들마저 이현을 용서해 달라고 말하고 있었다.

이건 말만 용서해 달라는 것이지 분위기는 완전 이현 혼자 독박 써야 할 분위기다.

"시끄러워! 머리 아파!"

이현이 버럭 소리를 질렀다.

"흡! 히끅! 히끅!"

"히끅! 교관님 죄송해요. 저희 때문에 교관님이…… 흐앙아앙!"

이현이 버럭 소리를 내지르자 잠시 잠잠해지는가 싶더니 이내 울음바다다.

이건 쐐기다.

관 짝 닫고 못 나오게 못질하는 격이다.

으득!

이현은 절로 이가 갈렸다.

'너희 솔직히 다 알고 이러는 거지? 응?'

할 수만 있으면 따지고 싶을 지경이다.

'저 간악한 병아리들 같으니!'

순수한 마음으로 하는 행동이라고 하기에는 결과가 너무 좋지 않다.

독박 확정이다.

'목이라도 내놓아야 하나? 그건 진짜 싫은데…….'

이 분위기에서 그건 책임 못 지겠다고 해도 소용없을 것 같다.

아니, 책임 못 지겠다고 버티면 장문인과 장로들이 나서서 이현에게 모든 책임을 지어 버릴 것이 분명했다.

'그리고 훈훈한 미담으로 남겠지.'

등 떠밀려 사지로 걸어 들어가야 하는 기분은 정말 최악이다.

그때다.

'응?'

순간 이현의 뇌리에 반짝이는 무언가가 떠올랐다.

'그래! 깨진 건 아니잖아! 금만 간 거잖아?'

피식!

뜻하지 못한 것에서 해답을 찾았다.

"책임지겠습니다!"

이현은 당당히 소리쳤다.

"책임지다니? 간단히 책임질 수 있는 문제가 아님을 너 또한 알지 않느냐."

장문인이 걱정스럽게 반문했다.

그러나 이현은 여전히 자신만만했다.

"일전에 제게 주신 소청단. 그것을 강식이라는 아이에게 주십시오. 그것이라면 금 간 단전도 회복할 수 있지 않겠습니까."

소청단.

'어차피 필요도 없는 것! 누가 처먹든 무슨 상관이야!'

약이라면 학을 떼는 이현에게는 그것이 있었다.

그런데.

"……"

다시 주위가 얼어붙었다.

웅성웅성하며 장문인과 장로들 사이에서 들릴 듯 말 듯한 자그마한 소요가 일어났다.

'뭐냐? 이 분위기는? 소청단이면 다 해결되는 것 아니었어? 아니, 해결되는 거잖아! 그런데 왜? 이 분위기는 뭔데? 응?'

어째 분위기가 뭔가 이상했다.

*　　*　　*

웅성거리는 대전 안.

이현을 불안에 떨게 하는 그 분위기 속에서 장문인인 청성진인은 적지 않게 놀라고 있었다.

"집법당주! 진무관주!"

"예!"

장문인의 부름에 집법당주와 진무관주는 기운을 끌어 올려 기막을 펼쳤다.

대화 소리가 흘러나가지 않게 하기 위함이다.

"허허허!"

장문인은 그제야 웃음을 터트렸다.

놀란 마음은 아직도 진정이 되질 않는다.

"소청단이 어떠한 영약인데…… 그것을 포기하다니요! 그것도 소동들을 위해서라니요!"

진무관주도 놀라긴 마찬가지다.

무림인이라면 영약은 목숨처럼 아끼는 법이다.

아니, 무림을 피로 물들인 무수한 몇몇 혈사의 이면에는 영약 하나를 얻기 위한 참극에서 비롯된 것도 있으니, 어찌 보면 목숨보다 영약을 귀하게 여긴다 하여도 모자람이 없을 것이다.

그런데 이현은 그것을 아무렇지 않게 내놓았다.

"장고를 거듭하면서도, 정작 영약을 내놓겠다고 하면서는 또 어찌하였습니까! 한 치의 미련도 두지 않는 말투였지 않습니까?"

"소동들을 지키기 위해 이만한 희생을 스스로 감수하다니요! 대단한 일입니다."

장로들도 저마다 한마디를 보탠다.

"누가 아니랍니까? 그냥 책임지겠다고 했어도 그저 참회동에 며칠 갇혔다 나오면 그만인 일이었습니다. 헌데, 모든 책임을 자처하고 그것도 모자라 소청단까지 내놓겠다 하니…… 허! 그 마음 씀씀이가 감히 저 같은 말코는 흉내도 내지 못할 정도가 아닙니까."

시험이었다.

이현이 책임을 회피하면 중벌을, 책임을 지겠다고 나서면 가벼운 벌을 내리는 것으로 끝내려 했다.

헌데 이현의 반응은 그 정도가 아니었다.

간단히 넘어갈 수 있는 선택지가 있음에도 어려운 길을 택했다.

"쉬운 길과 어려운 길이 있으면 어려운 길로 가라. 그것이 도가의 가르침이 아닙니까. 허허허!"

장문인은 도가의 가르침 한 구절을 조용히 읊으며 웃음을 지었다.

무슨 생각으로 소청단을 내놓은 것인지 알 리 없는 장문인과 장로들은 감탄을 거듭했다.

"보십시오! 소청단까지 내놓았으면서도 혹여 그것으로도 부족할까 저리도 마음 졸이는 것을요! 어찌 저리 책임감이 강할 수 있단 말입니까!"

장로들 중 하나가 말했다.

"어허! 과연!"

"정말 그렇군요! 저 아이도 사람인 이상 간사한 마음이 들 법도 하건만! 어찌 저럴 수가 있단 말입니까!"

연이어 감탄이 쏟아져 나온다.

기막 밖에서 불안한 시선으로 그들을 바라보는 이현의 모습 때문이었다.

물론, 장로들이 생각하는 그런 순수한 마음 때문은 아니었다.

하지만 오해가 더 큰 오해를 낳는 법이다.

이미 이현에게 좋은 인상을 느끼게 된 장로들의 눈엔 이현이 지금 이 순간 무얼 하더라도 좋은 쪽으로 받아들일 수밖에 없을 것이다.

진무관주가 말했다.

"허허! 이거 어찌해야 할지 모르겠습니다. 명색에 무당의 어른인 저희들이 스스로 모든 책임을 지겠다고 나서는 제자에게 어떤 벌을 주어야 할지……!"

"그러게 말입니다. 공을 세우고 얻은 소청단마저 미련 없이 포기한 아이에게 어찌 벌을……."

"사실 따지고 보면 이현 저 아이 말대로 우리의 무관심으로 이런 일이 벌어진 것이 아닙니까."

여기저기서 동조하는 소리가 나왔다.

"집법당주."

장문인이 조용히 집법당주를 불렀다.

"……예!"

지금껏 한마디도 하지 않았던 집법당주다. 모두가 이현을 칭찬할 때도 그는 그저 가만히 눈을 감고 있었을 뿐이었다.

"본디 규율과 형벌을 책임지는 것은 그대이지 않습니까. 어찌하시겠습니까?"

장문인이 그런 집법당주의 생각을 물었다.

"후!"

집법당주는 깊은숨을 내쉬며 무겁게 입을 열었다.

"저는 저 아이가 싫습니다."

"당주!"

규율과 법을 담당해야 하는 집법당주가 사감을 이야기했다.

놀란 장문인이 그를 불렀지만, 집법당주는 계속해서 자신의 이야기를 이어 나갔다.

"청연비무의 사고가 있기 전엔 저 아이가 음험하여 싫었습니다. 어떠한 사고도, 심지어 눈에 띄는 행동조차하지 않았습니다. 그럼에도 느껴지는 음산한 무언가가 싫었습니다. 청연비무의 이후에도 마찬가지입니다."

집법당주의 목소리는 무거웠다.

그는 계속해서 말했다.

"안하무인이었으니까요. 말투와 행동에는 예가 없고, 때로는 왈패나 다름없는 모습을 보였습니다. 그래서 싫었습니다. 언제고 큰 사고를 칠 것 같았습니다. 사실 이번 일도 참회동 며칠로 끝내는 것이 마음에 들지 않았습니다. 헌데……."

"헌데요?"

잠시 멈춘 집법당주의 말을 장문인의 조용한 물음이 이끈다.

"잘못된 생각이었던 것 같습니다. 무당의 어느 제자가 저처럼 용기 있게 우리에게 직언할 수 있겠습니까. 아무리 가르치던 소동들의 일이라 하나 그 죄를 스스로 모두 뒤집어쓰겠다고 나설 수 있겠습니까."

집법당주는 고개를 들어 이현을 바라보았다.

기막 밖의 이현은 장로들 간에 무슨 대화가 오가는지도 모른 채 불안한 시선으로 이쪽을 바라보고 있었다.

"집법당주이니 냉정히 공과 과를 따지겠습니다. 기실 오늘의 사건은 무당을 이끄는 우리들의 죄가 더욱 큼을 말씀드립니다. 해서 강가장 차남의 단전을 회복하는 것은 비동에 준비된 소청단으로 해결하는 것으로 하였으면 합니다."

판결이 시작되었다.

오히려 자신들에게 죄를 돌리는 집법당주의 판결에도 장로들은 가만히 고개를 끄덕였다.

"또한, 이현이 소동들을 가르친 것도 사실입니다. 하여 무기한 참회동 형을 내리려 합니다."

하지만 이어지는 말에는 장로들이 반발했다.

"그것은 너무 과하지 않습니까!"

"그래요! 애초 저희가 생각했던 것 이상입니다."

"원인이 저희에게 있는데 어찌 죄를 제자에게 돌릴 수 있단 말입니까!"

생각보다 격렬한 반발이다.

어찌 보면 집법당주의 권한을 침범하는 월권이라 보아도 좋았다.

그러나.

"단! 각 장로분께서는 금일과 같은 사건이 재발하지 않도록 할 개선방안을 찾을 시 무당 제자 이현의 참회동을 마치는 것으로 하겠습니다. 장문이 이하 저를 비롯한 장로들의 벌 또한 이현의 참회동 형이 끝나는 날로 끝이 날 것입니다. 제가 내릴 형벌은 무침무안(無寢無安)입니다."

이어지는 집법당주의 말을 듣고서는 모두 고개를 끄덕였다.

"좋습니다. 무침무안이라……."

"그렇지요. 제자에게 죄를 지우고 어찌 잠을 자고 편안하기를 바랄까요!"

무침무안.

잠을 자지 않고, 편안함을 찾지 않는다.

앉아서도 누워서도 안 된다. 생존에 필요한 최소한의 물만 먹고 최소한의 음식만 섭취한다.

참회동의 형벌보다 무거운 고행이다.

그럼에도 장로들은 순순히 그 고행을 받아들였다.

"개인의 잘못은 개인이 책임지지만, 조직의 잘못은 조직을 이끄는 이들이 지는 것이 당연하지요."

장문인의 말에 저마다 고개를 끄덕인다.

"그럼 이제 선언해야겠지요."

청성진인의 말에 진무관주와 집법당주가 고개를 끄덕였다.

기막이 사라졌다.

"당주께서 말씀하시지요."

"예! 죄인 이현은 들으라!"

장문인의 말에 고개를 끄덕인 집법당주의 외침이 대전을 가득 채웠다.

"……무당 제자 이현! 벌을 받겠습니다."

이현은 내키지 않는 대답을 내놓으며 고개를 숙일 수밖에 없었다.

"이현은 금일 부로 참회동 형을 내린다. 기한은 무기한이다. 이의 있나?"

"……!"

이현이 꿈에서도 바라는 일이다.

"이의 없습니다!"

당연히 이의는 없다.

'이건 또 웬 떡이냐?'

심지어 무기한이다.

좋다.

좋아도 매우 좋다.

어차피 이제는 몰래 탈출하는 것은 어려운 일도 아니었다. 해지면 등도촌에 내려가서 술이나 마시고 놀다 오면 된다.

혜광의 핍박에서도 벗어날 수 있다.

"단!"

하지만 이어지는 집법당주의 말에는 얼굴을 찡그릴 수밖에 없었다.

"단, 오늘 일이 재발하지 않도록 장로들 간에 대안이 나온다면 그 시간부로 참회동 형을 철폐한다. 또한, 장문인 이하 장로들은 오늘 이 시간부로 무침무안 형을 내리며, 그 기간은 이현과 같다. 이상!"

"구, 굳이 저 때문에 그러실 필요는……."

"어허! 지엄한 무당의 규율에 반할 셈이냐!"

"……."

이현은 입을 꾹 닫았다.

'무침무안은 무슨 얼어 죽을!'

꿈에도 그리던 무기한 참회동행이건만, 장로들의 무침무안의 단서가 붙어버렸다.

마음에 안 들지만 어쩌겠는가.

'그래도 족히 한 달은 살고 나오겠군.'

좋게 생각하기로 했다.

한 달이란 시간이 어딘가.

혜광의 손아귀에서 촌각이라도 벗어날 수 있다면 그것으로 충분했다.

하지만!

쾅!

순식간에 굳게 닫힌 대전의 철문이 부서져 나갔다.

그리고 자욱한 먼지구름 사이로 걸어 들어오는 한 사람.

"끌끌! 이것들이 나 몰래 문 잠그고 무슨 작당들이냐?"

음산하게 웃고 있는 그는 분명 혜광이었다.

'염병!'

이유는 모르겠지만, 하나는 확실했다.

아직 좋아하긴 일렀다.

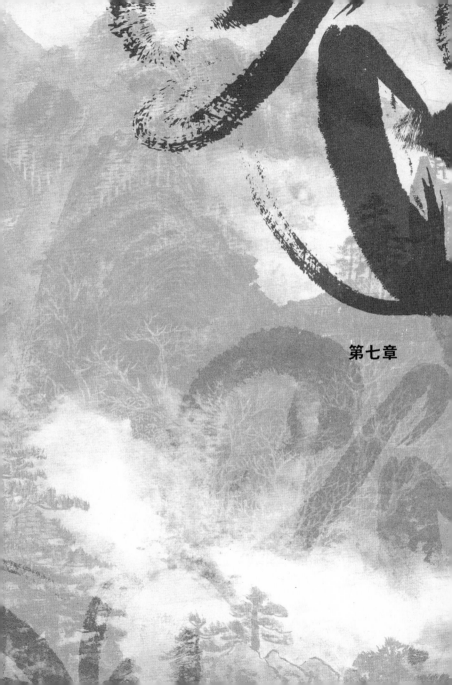

第七章

열흘이 지났다.

"지엄한 무당의 규율은 개뿔!"

이현은 멍하니 중얼거렸다.

그런 이현의 손안에 들려진 은은한 빛을 뿜어내는 금색 환약 두 개.

소청단이다.

"필요도 없는 걸 뭘 두 개씩이나."

소청단이 생겼다.

집법당주가 직접 찾아와서 이현의 손에 꼭 쥐여 주고 간 것이다.

미안하다는 말과 함께.

"집법당주가 쓰레기를 줬어!"

이로써 필요도 없는 소청단이 세 개가 되었다.

아마 무당 역사상 한 사람이 이렇게 많은 소청단을 가지고 있는 것은 처음일 것이다.

으득!

쓸데없는 쓰레기를 세 개나 받아 버린 이현은 이를 악물었다.

"혜광! 이 빌어먹을 미치광이 노인네!"

이게 전부 혜광 때문이다.

나쁜 예감은 빗겨가는 법이 없다.

모든 것이 훈훈하고 깔끔하게 이어지던 것이 혜광의 난입 하나로 난장판이 되어 버렸다.

판결이 바뀌었다.

"염병! 뜬금없이 감시감찰이라니!"

참회동행이 예약되어 있던 이현의 미래는 혜광 한 사람 때문에 석(三) 달 감시감찰로 바뀌어 버렸다.

이제 어딜 가든 감시자가 따라붙는다.

잠잘 때도 감시자와 같이 자야 하고, 밥 먹을 때도 감시자의 감시 아래에서 밥을 먹어야 한다. 심지어 화장실 갈 때도 감시자의 허락을 받고 가야 한다.

전과 같이 소동들을 가르치는 일은 변동이 없었지만, 그 일마저 감시자의 동행 하에 이루어져야 했다.

그리고.

그 감시자는.

"혜광! 씹어 먹을 노인네!"

감시자는 혜광이다.

그렇게 벗어나고 싶었건만, 혜광은 찰거머리보다 지독하게 따라붙었다.

"차라리 나도 깔끔하게 태형(笞刑)으로 끝내지!"

물론 형벌이 바뀐 것은 이현뿐만이 아니다.

장문인을 비롯한 장로들에게 내려졌던 무침무안의 형벌도 바뀌었다.

태형으로.

그리고 집행은 혜광의 손으로 손수 이루어졌다.

사실 태형도 아니다. 혜광이 두 팔 걷어붙이고 나서서 복날 개 잡듯 무당파 장문인 이하 장로들을 두들겨 팼으니까.

덕분에 무림에서도 명성 자자한 무당파의 장문인과 장로들이 바둑이처럼 온몸 이곳저곳 시퍼렇게 멍든 채 돌아다녀야 했음은 당연지사다.

하여간 혜광이 문제다.

무당파의 모든 불행은 혜광에서부터 시작되었다.

"사고 쳐도…… 안 되겠지?"

이제는 참배객 후드려 패서 참회동 가겠다는 생각 따위는 하지도 않았다.

혜광은 멋대로 법도 바꾸는 인간이다.

어쩌겠는가.

수틀리면 무슨 짓을 벌여도 이상하지 않은 인간인 것을!

이현은 그날의 대전에서 확실히 깨달았다.

혜광의 고함 한 번에 대전 기둥뿌리가 터져 나갔었다. 그럼에도 제 뜻대로 되지 않자 양손에 삼매진화를 일으킨 채로 조사전 불살라 버리겠다고 나서는 인간이다.

태극검제 청수진인은 물론, 장문인 이하 장로들까지 나서서 막으려 했지만 막을 수 없었다.

태극검제마저 추풍낙엽처럼 휙휙 날아가는 판에 장문인과 장로들이 달라붙는다고 뭐 어찌 될 상황이 아니었다.

결국, 소문으로만 들었던 다 죽어가는 원로원의 혜자 배분의 어른들이 와서야 사태가 수습되었다.

물론 혜광이 원하는 대로.

"다 죽어가는 노인네가 그렇게 울고불고 비는데……! 하여간 나보다 더한 놈이라니까!"

힘으로 수습한 것도 아니다.

늙고 병들어서 제 몸 하나도 가누지 못하는 혜자 배분의 원로들이 혜광 앞에서 무릎 꿇고 눈물까지 흘렸다.

그러고 나서야 혜광의 무력 시위를 멈출 수 있었다.

이현이 알기로 혜광은 혜자 배분의 막내다.

고로 사형들이 울고불고 매달려서야 무력 시위를 멈추었다는 이야기다.

"이런 개 족보를 봤나! 이럴 거면 나는 왜 쳐 넣은 거야!"

이젠 황당하다 못해 화까지 난다.

사형들 무릎 꿇고 울게 한 혜광이나, 존재 자각 못한 탓에 사문의 어른들에게 쌍욕 짓거리한 이현이나.

똥 묻은 개나, 분변 묻은 개나!

어차피 오십보백보다.

그런데 혜광은 집법당주가 내린 형벌을 바꾸었고, 이현은 집법당주 형벌에 의해 참회동에 처박혔었다.

억울했다.

몹시! 매우!

하지만.

빠악!

"뭘 혼자 꿍시렁 대고 있어! 아침 차려 오란 지가 언젠데 아직 거기 있어! 후딱 안 올라오느냐!"

후두부를 강타하는 강렬한 고통을 느낄 틈도 없이 혜광

의 타박이 귓가를 파고들었다.

"아! 아프다니까요! 재주도 좋습니다! 어떻게 거기서 여기까지 한 방에 맞춘답니까? 예?"

이제는 막 나가기로 했다.

어차피 전부터 말로 해서 통할 상대가 아니란 것은 진즉 알고 있었고, 상황이 이렇게 나락으로 떨어진 이상에야 더는 바랄 것도 없다.

"끌끌끌! 이놈이 죽고 싶어 환장했구나! 시끄럽다! 후딱 아침이나 차려라!"

발끈한 이현의 반응에 혜광은 오히려 즐겁다는 듯 웃음을 터트렸다.

그런데 혜광의 모습이 보이지 않는다.

당연했다.

아침상 차릴 물 길으러 계곡으로 내려온 이현이다.

그리고.

감시감찰 형으로 인해 혜광의 거처로 강제 이사를 한 이현의 모옥은 무당상 가장 높은 곳.

태화궁 인근이었으니까.

이현의 눈앞에 펼쳐진 절벽 저 위.

그러니까 운무로 가려진 그 위를 한참 기어 올라가야 혜광의 모옥이 나온다.

지금 들리는 혜광의 목소리도, 이현의 후두부를 강타했던 장력도 모두 그곳에서 시작된 것이었다.

미친 인간임은 틀림없지만, 확실히 무공은 과거나 지금이나 대단했다.

"아! 갑니다! 가요!"

어쩔 수 없다.

혜광의 손아귀서 벗어날 수 없는 이상 어떻게든 목숨이라도 부지하고 살아야 한다.

이현은 신경질적으로 물지게를 등에 걸쳐 맸다.

무거운 발걸음으로 계곡에 난 소로를 따라 걸음을 옮겼다.

"아! 이놈아! 그렇게 올라와서 어느 천 년에 아침밥을 차리겠다는 것이냐!"

기껏 마음잡고 현실 수긍 좀 하려니 혜광이 도와주질 않는다.

또다시 짜증이 난다.

아니, 요즘 매일 열두 사진 동안 짜증이 나 있었다.

"아! 그럼 날아갑니까? 산이 높은 걸 저보고 어쩌라고 그러십니까!"

"네놈이 새냐? 날긴 뭘 날아! 어쩌긴 지름길로 후딱 튀어 와야지!"

"설마…… 아니겠죠?"

혜광의 말에 문득 불안감이 엄습해 왔다.

"그 아니겠죠가 사실일 게다! 뭐해! 어서 기어 올라오지 않고!"

"염병!"

절로 욕지거리가 터져 나왔다.

"절벽을 기어 올라오라고요?"

"그럼? 더 빠른 지름길이라도 있느냐?"

혜광은 절벽을 기어 올라오라고 하고 있었다.

"하여간 자기 일 아니라고!"

이현으로서는 어처구니가 없는 말이다.

높이가 얼만데 이 높은 절벽을 기어 올라간단 말인가.

아니, 그보다 심각한 문제가 있었다.

차르릉!

"이 꼴로요?"

이현은 신경질적으로 발치에 걸리적거리는 쇠사슬을 손에 들어 보였다.

각각의 발을 묶은 쇠사슬 끝에는 귀하다는 묵철을 녹여 만든 커다란 쇠 구슬이 걸려 있었다. 각 무게만 여든다섯 근짜리다.

감시감찰 형 닷새째.

참다못한 이현이 탈출을 감행하다 붙잡힌 이튿날 아침 그의 발에 채워진 것이다.

　물론 범인은 물어볼 것도 없이 혜광이다.

　이현이 물 하나 길어오는데 이처럼 오랜 시간을 허비한 것도 이 거치적거리는 쇠 구슬 때문이었다.

　이걸 달고 절벽을 오르란다.

　그때 저 멀리서 혜광의 목소리가 들려왔다.

　"왜? 가벼워서 날아갈 것 같으냐? 새로 하나 해 줘?"

　기어 올라가야 했다.

　도합 이백 근짜리 쇠 구슬은 사양이었다.

＊　　＊　　＊

　감시감찰이 시작된 한 달이란 시간은 고행의 연속이었다.

　구타는 기본이다. 이제 안 때리면 불안해질 정도다. 질질 끌리는 쇠 구슬도 슬슬 적응되어 간다.

　호시탐탐 쇠 구슬의 근수를 올릴 기회만 엿보는 혜광에게 틈을 주지 않기 위해 신경을 곤두세워야 한다는 것 빼고는 괜찮다.

　매일 같이 맞고 부러지고 깨지다 보니 이젠 외공도 부럽지 않다.

심지어 이제는 몸이 좋아지는 것이 느껴질 정도다.

'이러다가 변태 될까 겁난다! 이대로 가다가는 혈천신마 때 보다 몸이 좋아질 판이니!'

근육이 안으로 찬다.

것도 옹골지고 착실하고 꼼꼼히 차오른다.

겉으로 봤을 땐 잘 몰라도 만져 보면 안다. 힘줄이 철사를 꼬아 놓은 듯 짱짱하다.

인간은…….

적응의 동물이었다.

이제는 이 상황에서도 살아날 구멍까지 찾았다.

"할아버지 나빠! 우리 교관님 괴롭히지 마요!"

"맞아! 우리 교관님이 얼마나 착한데!"

"사숙, 애들이 하지 말라잖아요."

뭇매를 가하던 혜광을 발견한 소동들이 달려들어 한 소리씩 한다. 청화까지 거든다.

이현이 했다면 바로 병풍 뒤에서 향내 맡았어야 할 행동이다.

헌데.

"끌끌끌끌끌! 끌끌! 허헛! 이것 참! 끌끌끌끌!"

웃는다.

혜광이.

대전이 있는 자소궁 기둥뿌리를 박살 냈던 인간이!

제 뜻대로 되지 않는다고 조사전 불 싸지르려 했던 인간이!

원로하신 사형들이 몸소 무릎 꿇고 눈물로 빌게 하였던 그 인간이!

웃고 있다.

자신을 향해 겁도 없이 한소리를 늘어놓는 아이들을 보고도.

"미쳤습니까?"

매번 보고도 믿기지 않는 광경에 이현이 물었다.

빠악!

"죽고 싶은 게냐?"

역시!

혜광은 아이들에게만 자비로웠다.

그것도 자신이 직접 무공을 가르치지 않는, 그러면서도 자파의 지붕 아래에 있는 아이들에게만.

그것을 알아내는 데에는 며칠 걸리지도 않았다.

다른 조에 속한 소동이 찾아와 무공을 가르쳐 달라고 했을 때 혜광은 수련이란 명목하에 애를 반 죽여 놓았다.

등도촌의 멋모르는 꼬맹이 하나가 꼬질꼬질한 행색의 혜

광을 향해 손가락질 잘못했다가 그 손가락 분질러질 뻔했다.

소동들이 말리지 않았더라면 분명 부러졌을 것이다.

'미쳤어! 그것도 까다롭게 미쳤어!'

혜광의 광기는 말로 표현하지도 못할 정도다.

그래도 상관없다.

"이구이구! 우리 예쁜 병아리들!"

"쥐똥! 아이구 우리 귀여운 쥐똥이!"

이현은 혜광의 유일한 약점인 소동들과 청화를 향한 무궁무진한 애정을 쏟아 내고 있었다.

소동들을 가르치는 시간에는 그 귀찮은 쇠 구슬과도 안녕이다.

소동들의 눈을 의식해서인지 구타도 줄어들었다.

그러니 어찌 아니 애정을 쏟을 수 있지 않을까.

심지어.

"교관님 다 왔어요!"

소동들 덕분에 혜광을 앞세워 등도촌에 무당파 연무장까지 마련한 것을.

'앞으로 남은 것은 두 달! 두 달만 지나면 나는 자유다!'

그 자유의 발판이 눈앞에 이것이다.

커다란 대문 위에 걸린 현판.

무당파 등도촌 연무지부(研武支部).

그 커다란 대문 안으로 펼쳐진 넓은 연무장과 무공수련에 필요한 갖가지 시설들.

감시감찰이 끝나지 않은 지금에야 찰거머리 같은 혜광을 끌고 와야 하는 곳이지만, 앞으로 두 달 뒷면 이현 혼자 마음대로 오갈 수 있는 곳이다.

이곳이 앞으로 진정하나 자유를 선사해 줄 곳이다.

보는 것만으로 뿌듯했다.

"끌끌끌! 어떤 돈이 썩어나는 놈이 이딴 건 지어준다고 나서서는!"

혜광이 혀를 찼다.

혜광도 알고 있다.

이현이 어떤 목적으로 등도촌 연무지부를 원했는지.

혜광이 알고 있다는 것은 이현도 알고 있었다.

그런데도 기어코 얻어냈다.

소동들의 성화를 이기지 못한 혜광이 직접 나서서 이 모든 일을 가능하게 만들도록 했다.

그러니 혜광은 마음에 들지 않는 것도 당연했다.

그러거나 말거나 이현은 기뻐했다.

문득 눈을 반짝였다.

"오네요. 그 돈이 썩어 나는 놈."

대문 안 저 멀리.

간저가 두툼한 뱃살을 넘실거리며 이쪽을 향해 달려오고 있었다.

일전에 대두가 약속했던 것처럼 등도촌 연무지부를 만드는 모든 금전적 실질적인 부분은 간저패가 담당했다.

무당파로서는 감사한 일이었다.

소동들을 등쌀에 못 이겨 막무가내로 일을 추진하는 혜광 탓에 예정에도 없던 막대한 지출이 예상되었었으니까.

"하하하! 뭘 그렇다고 이런 걸 다 주시고 그러십니까! 우리 사이에!"

간저는 혜광에게서 건네받은 종이 쪼가리를 소중한 재산이라도 되는 듯 꼭 끌어안고 어울리지도 않는 겸양을 떨고 있었다.

"마음에 안 들면 내놓던가."

물론 그런 것이 통할 혜광이 아니었다.

"마음에 안 들 리가요! 가보로 물려줄 것입니다! 가보로!"

그런 혜광의 말에 간저가 펄쩍 뛰며 급히 종이 쪼가리를 숨긴다.

그러고는.

"저, 저는 먼저 가 보겠습니다! 그리고 이거!"

혜광의 손에다가 가죽 주머니를 쥐여 주고는 부리나케 도망쳐버렸다.

혹여나 종이쪼가리를 빼앗길까 두려운 모양이었다.

"육시랄! 장문인이 쓴 감사장이 뭐 대수라고 저 난리인지! 꼴을 보면 마도 사도 냄새가 물씬 나는 게…… 대(大)군자였군!"

간저를 향해 쏟아지던 박한 혜광의 평가가 급선회했다.

졸지에 등도촌의 암흑가를 지배하는 간저가 대 군자로 화하는 순간이다.

이유야 뻔했다.

"얼마나 찔러줬길래 그러십니까?"

간저가 찔러 준 가죽 주머니 안에 담긴 액수가 암흑가의 수장을 대 군자로 변모시킨 것이다.

이현의 물음에 혜광이 팔짝 뛰었다.

"찔러주긴 뭘!"

"그럼 거기 찰랑찰랑 거리는 소리가 방울 소리랍니까? 그러지 말고 반 띵 하시죠?"

"뭣이? 죽고 싶은 게야?"

"명색에 첫날이지 않습니까! 우리 병아리들 맛있는 거라도 사 먹여야죠. 안 그래요? 쥐똥도요!"

"유, 육시랄! 못된 것만 배워서는!"

누가 인간은 적응의 동물이라고 했던가.

고양이 앞에 쥐 마냥 당하기만 하던 이현도 이제 그냥 당하고만은 있지 않았다.

이렇게 고양이를 물기까지 하는 쥐로 성장했다.

'그래 봐야 쥐새끼지!'

불만이 없는 것은 아니지만, 이현은 지금 이 순간의 기쁨을 누리고자 했다.

확실히 혜광의 약점은 소동들과 청화다.

"아, 안 돼! 못 줘! 이 돈이면 내가⋯⋯!"

이현의 공격에 잠시 흔들렸던 혜광이 정신을 부여잡는다.

씨익!

이현은 웃었다.

예상했던 반응이다.

상관없다.

"얘들아! 할아버지가 오늘 맛난 것 사 주신단다!"

"와아아아! 할아버지 최고!"

"사숙! 정말이요?"

이현의 말 한마디에 아홉 명의 소동도, 청화도 눈을 빤짝이며 달려왔다.

"이, 이잇! 개도 안 물어갈 놈! 육시랄 것! 이 허접한 마도 놈 같으니라고!"

혜광이 으르렁거리며 이현의 귀에 속삭인다.

마도라는 두 글자가 귀에 거슬리긴 했지만, 상관없었다.

둘이 있을 때면 곧잘 이현에게 그런 말을 했었으니까.

오히려 이현은 지금 이 순간 혜광의 입에서 흘러나온 욕설들이 천상의 음률처럼 달콤하기까지 했다.

혜광의 패배 선언이었으니까.

"옛다! 먹고 떨어져랏!"

혜광은 신경질적으로 돈을 던졌다.

"어이쿠! 귀여운 우리 토끼들이 까까 사먹을 돈인데 이렇게 던지셔야 하겠습니까! 히야! 금원보네요?"

장난스럽게 건네받았는데 상상 이상이다.

금원보다.

음각된 무게만 두 돈 반.

이 정도 금액이면 소동들에게 석 달 열흘 동안 맛있는 음식으로 다 해 먹여도 한참 남을 금액이다.

"육시랄! 이 들개 같은 놈!"

혜광은 아직도 분이 풀리지 않는지 이현을 욕했지만, 이현은 그마저도 귓등으로 흘려 넘겼다.

그리고.

"쥐똥 받아! 가지고 있다가 애들 먹고 싶은 거 있을 때마다 사 먹여."

이현은 그것을 그대로 청화에게 넘겼다.

그러자니 놀란 것은 청화다.

"내, 내가? 너, 너는? 이거 너무 많은데……?"

"나야 뭐 들고 있어 봐야 쓸모도 없고. 정 필요하면 알아서 구하면 돼."

어차피 옆에 혜광이 찰싹 붙어 있는 판이다.

금원보는커녕 엽전 한 푼도 마음대로 쓸 수 없는 상황이니 돈이 무슨 소용이겠는가.

그리고.

'정 필요하면 간저 한번 털어 주면 되고.'

정 돈이 필요하면 기부의 대명사인 간저가 있다.

찾아가서 얼굴만 한번 비추면 알아서 찔러줄 것이다.

그러니 아쉬울 것도 없다.

아니, 애초에 이현은 돈에 대한 욕심이 없었다.

돈이야 뺏어 쓰면 그만이다.

아니, 돈도 필요 없다. 필요한 것만 뺏으면 된다.

그것이 야율한. 혈천신마의 삶이었다.

그러한 삶을 살아온 이현이었으니 돈에 아쉬운 일도 없었다.

"고, 고마워."

"너 혼자 쓰라고 준 돈 아니야. 병아리들이랑 맛있는 것 사먹으라고 준 돈이야."

"헤헤! 알아! 그래도 고마워!"

이현의 말에도 청화는 웃는다.

이런 훈훈하고 따뜻한 분위기.

이현이 가장 어색해하는 분위기다.

"자! 간식비도 얻었겠다! 오늘 새로 등도촌에서 연무장도 얻었겠다! 이제 슬슬 수련 시작해야지?"

서둘러 화제를 돌렸다.

"예! 교관님!"

"응! 내가 도와줄게!"

소동들과 청화가 한목소리로 대답한다.

이현은 고개를 끄덕이며 조용히 시선을 돌려 연무장을 쓸어 보았다.

높이도 굵기도 제각각인 통나무가 연무장 한쪽 구석에 수직으로 심겨 있었다. 또 한쪽 구석에는 갖은 크기와 무게의 철구가 그네처럼 끈에 묶여 허공에 매달려 있었다. 그 옆 선반 위에는 가죽공부터 시작해서 철구까지 다양한 무게와 재질의 공들이 자리하고 있었다.

그밖에도 다양하다.

통나무 위에 그물이 올려진 것도 있었고, 호수 위에 통나무가 징검다리처럼 세워진 것도 있었다.

일일이 설명하자면 입 아프다.

그 모든 것이 이현이 직접 설계하고 간저가 직접 비싼 돈으로 인부를 소집해 실현해 놓은 것들이다.

'수련은 노는 것처럼!'

지난번 소동들을 가르치면서 얻은 깨달음이다.

뻑하면 눈물 쏟아 내는 애들이지만, 놀 때만큼은 지치지도 힘들다고 투정부리는 일도 없다.

그리고.

이현이 이 모든 준비한 것은 또 다른 이유가 있었다.

"오늘부터 병아리들에게 가르칠 것은 태극구공이다!"

태극구공.

그냥 막 싸움이나 기초 다지기가 아니다.

본격적인 무공을 가르치기로 한 것이다.

'너흰 완전 노난 줄 알아라!'

태극구공을 전수할 수 있는 사람은 이현밖에 없다.

무당파의 누구도 익히지 못하는 것을 이 자리에 모인 아홉 명의 소동들만 익힐 수 있게 된 것이다.

"……."

그런데.

포부 넘치게 소리친 이현의 외침에도 어째 반응이 시큰 둥하다.

아니, 시무룩하다.

"그럼 저희는 태극권은 안 익히는 거예요?"

"다른 조 애들은 태극권 익힌다던데요?"

"맞아요! 옆방 쓰는 장칠이가 그랬어요! 태극권이 태극 구공보다 더 강하데요."

장문인이 그렇게 바라던 일이.

무당에서 누구도 전수받지 못하는 초 희귀 기본공이.

소동들에겐 그다지 익히고 싶지 않은 무공인가 보다.

문제는.

'태극권 비급은 아직 못 봤는데?'

아니, 그보다 가르치지 않으면 장문인부터 시작해 은근 히 압박해 올 인간이 한둘이 아닐 것이다.

구슬려야 한다.

잘 구슬려서 어떻게든 익히게 해야 한다.

'어떻게 구슬리지?'

소리치고 윽박지르면 안 된다.

그러면 운다.

반드시 소동들은 운다.

그리고

"클클클클!"

지금 곁엔 혜광이 먹이를 노리는 맹수처럼 두 눈 부릅뜨고 노려보고 있다.

울리면 죽는다.

'썩을 병아리!'

소동들은 더 이상 이현의 편이 아니었다.

"태극구공이 더 세! 교관님 믿지?"

문제는 이 말 하나로 깔끔하게 해결되었다.

거기에 숙달된 조교로 나선 청화의 시범은 좋은 지원이었다.

난관을 헤쳐 나갔다.

이제 가르치기만 하면 된다.

그런데!

'그런데 나는 왜! 여기 있는 것이지?'

이현은 멍하니 주위를 둘러보았다.

"으허허헛! 요 앙큼한 아가씨 보게?"

"아잉! 소녀 부끄럽사옵니다!"

지켜보는 이현의 눈엔 전혀 소녀답지도 아가씨답지도 않은 아줌마가 대머리 아저씨 옆에 붙어 어울리지 않는 교태를 부리고 있다.

"와하하핫! 내가 왕년엔 말이지! 이 무당파의 도사님들도 탐내던 우수한 재목이었는데 말이야!"

무당파에서 탐내기는커녕 소동으로도 뽑히지 않을 만큼 야위고 병약해 보이는 표사 하나가 말도 안 되는 허풍을 떨어 댄다.

이현의 눈엔 어떻게 저 몸으로 표사가 된 것인지 의심스러울 지경이었다.

웅성웅성!

"자! 한잔 따라!"

"저기! 이 여아홍은 얼마의 가격으로 형성되어 있나요? 앗! 제가 이런 것을 물어보는 성격이 아닌데……!"

사방이 시끄럽다.

주점이다.

어디로 보나 이곳은 확실히 주점이다.

땀과 열정을 넘실거리는 연무장이 아닌, 술과 유흥이 넘실거리는 주점이 확실했다.

오검연이 코앞이라 그런지 주점은 평소보다 훨씬 붐비고 있었다.

분명 반 각 전까지만 해도 야심 차게 태극구공 전수를 시행하려고 했었는데 말이다.

'이 미친 늙은이!'

물론, 이 모든 일의 원흉은 물어볼 것도 없이 혜광이다.

혜광의 변죽으로 졸지에 목줄 잡혀서 이곳까지 끌려왔다.

지금쯤 숙달된 조교인 청화가 소동들에게 직접 태극구공을 전수하며 예정에도 없던 사범 노릇을 하고 있을 것이다.

'그래도 금방 돌아간다고 기다리라고 했으니까.'

최소한의 안전장치다.

그것마저 하지 못하면 결코 혜광의 손에서 벗어나 무당파 등도촌 연무지부로 돌아갈 수가 없다.

예정에도 없던 주점행.

하물며 그토록 마시고 싶고, 먹고 싶었던 술과 고기가 눈앞에 떡 하니 있는데도 입맛만 다셔야 하는 고행길.

모든 불행의 원흉을 바라보는 이현의 시선이 고울 리가 없다.

"거! 도사라는 분이 그렇게 고기 막 먹어도 되는 겁니까?"

참다못해 한 소리 했다.

"쩝쩝쩝! 안 될 것이 무엇이냐? 정 뭣하면 파문하던가!"

신 나게 오리구이를 뜯어먹던 혜광이 뭐 어쩔 것이냐는 듯 당당하게 소리쳤다.

이어지는 말은 더 가관이다.

"법력 높은 고승이 술과 고기를 하는 것은 상관없다는 것을 모르느냐? 고승에겐 이미 술은 물과 같고, 고기는 소채와도 같은 것임을 말이다! 나 또한 그와 같은 것이다!"

스스로 고승에 비유한다.

얼추 비슷하긴 하다.

혜광의 나이 정도 되면 어지간해서는 법력 높은 도인이라 불릴 만하니까.

하지만.

'어디가? 대체 어디가 그쪽의 법력인데?'

눈 씻고 찾아봐도 혜광에게서는 그가 주장하는 법력은 찾아볼 수가 없다.

오히려 맹렬한 기세로 오리구이를 뜯어대는 모습에서는 광기만 선명하게 드러날 뿐이다.

그리고.

"그래서 그렇게 고기란 고기는 육해공으로다가 죄다 주문하시고 술은 물처럼 마십니까?"

"그렇지! 그런 것이지!"

"그럼 뭣 하러 비싼 돈 주고 고기 먹고 술 먹습니까? 어차피 다 같은 것이면 그냥 소채 시켜다가 물이나 들이키시지!"

말이야 바른 말이다.

물이나 술이나 같으면 물을 마시면 될 일이고, 고기나 소채가 같으면 소채를 먹으면 될 일이다.

굳이 비싼 돈 들여 이럴 필요가 없다.

그런데.

딱!

이현의 날카로운 지적에 대번에 주먹이 날아왔다.

"아! 머리 나빠집니다! 거 그만 좀 때리십시오!"

눈앞에 별빛이 어른거리는 고통을 참으며 반항했지만, 혜광의 귀에는 들리지도 않는 모양이다.

"이놈아! 너는 그 나이 되도록 아직도 덕행을 모르느냐?"

"이번에는 또 덕행입니까?"

"이렇게 비싼 술이며 고기며 시켜 먹어야, 주인은 많은 돈을 벌 수 있으니 좋을 것이며, 주인은 평소 자신이 원하는 것을 사려 할 것이 아니냐. 그럼 어찌 되겠느냐. 돌고 도는 것이다. 내가 베푼 돈은 돌고 돌아 많은 이들을 행복하게 하는 것이다. 그것이야말로 덕행이지. 암!"

혜광이 흡족하게 고개를 끄덕인다.

딴에는 제 설명이 마음에 든 눈치였다.

"뭐하러 그럽니까? 그럴 거면 그냥 뿌리고 말지. 안 그래요?"

"니미럴! 이런 돌대가리 같은 놈을 보았나! 쉽게 찾아온 행운은 감사한 줄 모르고, 귀한 줄 모르는 법! 어찌 나의 이 고귀한 덕행을 그런 도매가에 넘기라 하느냐!"

"고귀는 개뿔! 말이나 못하면."

점입가경이다.

말이나 못하면 밉지라도 않지.

이현의 귀에는 그저 술 마시고 고기 씹고 싶어서 내뱉는 헛소리로밖에 들리지 않았다.

빡!

그리고.

투덜거리는 이현의 머리통을 향해 역시나 혜광의 주먹이 날아들었다.

"아! 머리 나빠진다니까요? 좋습니다! 덕행이라 칩시다! 그럼 그 덕행 저도 좀 같이 합시다! 치사하게 혼자 드시지 말고!"

말로 안 되겠으니 또 폭력이다.

이현은 기죽지 않았다.

하루 이틀 맞는 것도 아니고, 이제는 이력이 날 대로 났다.

"어디 도적에 먹물도 안 마른 놈이 감히!"

"언제 쓴 도적인지는 몰라도 말라도 진즉에 말랐을 겁니다!"

"그러면 뭐하느냐! 도적에 이름 올린 놈이 말본새는 영락없는 마도인 것을!"

"지금 자기 소개하십니까?"

마도보다 마도 같은 혜광이다.

아닌 말로, 마도의 정점이라 평가받던 혈천신마로 산 이현의 눈에도 혜광은 자신보다 더하면 더했지 덜한 인간은 아니다.

그러니 혜광의 말이 설득력 있을 리 없다.

뭐 다 좋다.

혜광이 무어라 하든 좋았다.

그토록 좋아하는 술과 고기가 사라져 가는 것을 눈으로만 지켜봐야 하는 고행도 더럽지만 참을 수 있었다.

오늘만 날은 아니었으니까.

"그럼 의자에라도 앉게 해 주시던가!"

결국, 가장 큰 불만이 터져 나왔다.

아무것도 허공에 앉아 있다.

무슨 절묘한 깨달음을 얻어서 공중부양의 묘를 터득한 것은 아니다.

마보(馬步).

자신은 편하게 의자에 앉아 오리고기나 뜯어먹는 혜광은

이현에게만 기마 자세를 강요하고 있었다.

힘만 있었으면 대번에 혜광의 대갈빡을 쪼개어 버렸을 것이다.

"끌끌끌! 어딜 감히 새파랗게 젊은 놈이 겸상하려 들어?"

"그럼 끌고 오질 마시던가요!"

"그럼 나보고 혼자 먹으라는 것이냐? 혼자 먹는 밥이 얼마나 밥맛 없는지 몰라서 그래?"

"이건 말이야? 방구야?"

절로 한숨이 나왔다.

미운 네 살도 아니고 나이도 잡술만큼 잡순 인간이 생떼를 부리고 앉아 있으니 속에선 천불이 치민다.

하지만 어쩌겠는가.

힘에서 달리는 것을!

'두고 봐라! 내가 기필코 다시 재기한다!'

다시 옛날 혈천신마의 힘을 회복한다면.

그때는 이대로 당하고만 있지는 않으리라!

'근데 가능은 할까?'

복수의 의지를 드높이던 이현의 두 눈에 불안이 감돌았다.

시간이 지날수록 점점 더 확실해진다.

혜광은 강하다.

그것도 엄청!

머리털 나고 이렇게 강한 인간은 처음이다.

과거 중원을 정복했던 혈천신마의 힘을 되찾아도 승리를 장담하지 못할 만큼.

그것이 못내 불안하다.

무엇보다 문제는.

'왜 강한지를 모르겠다는 것이다!'

옆에서 보았으니 혜광이 가진 경천동지할 강함은 안다.

그런데 왜 강한지는 모를 일이다.

'내력은 뛰어나다. 하지만 압도적이라고 할 정도는 아니야. 초식은 본 적 없으니 모르겠고, 드러나는 움직임은 빠르지도 강하지도, 그렇다고 날카롭지도 않아. 섬세한 것도 아니야. 오히려 투박하면 투박했지.'

어마어마한 강함은 확실히 느껴지는데, 대체 무엇 때문에 이런 강함이 있는지 그 이유를 모르겠다.

무공이라면 이미 대종사의 반열에 올라선 이현이니만큼 미치고 팔짝 뛸 일이다.

장단을 알아야 승패를 아는 법이다.

그런데 그 장단조차 도저히 파악되지 않는다.

"끌끌끌! 이게 다 네놈 무공 수련을 돕고자 하는 이 몸의 깊은 뜻임을 어찌 모른단 말이냐. 에잉! 이래서 마도는 안 돼! 기껏 마음 써줘도 고마운 줄을 모르니."

불난 집에 기름 끼얹는 격이다.

혜광의 혼잣말에 이현은 속에서 터져 나오는 짜증을 꾹 꾹 눌러 담아야 했다.

그때였다.

"으아아앙! 교관님! 교관니임!"

주점 밖에서 익숙한 목소리가 들려왔다.

소동들. 그중 한 명인 동철의 목소리다.

이현이 반응한 것은 당연지사다.

팟!

순식간에 도약한 이현은 긴 꼬리처럼 잔상을 남기며 대로를 향해 나아갔다.

"오오오옷!"

"과연 무당!"

시끄럽게 떠들며 유흥을 즐기던 인사들 사이에서 감탄이 쏟아졌지만, 이현은 그런 것 따윈 안중에도 없었다.

'병아리가 여기는 왜?'

한창 숙달된 조교이자 예정에도 없던 교관 대행의 책임을 진 청화와 함께 태극구공을 수련해야 할 동철이다.

그런 동철이 왜 울며 거리를 뛰어다닌단 말인가.

'오검연이라서 그런가 많이 복잡하군!'

거리는 복잡했다. 하지만 이현의 날카로운 눈은 빠른 속도로 동철을 찾아냈다.

팍!

"으아아앙! 교관님! 교관님!"

순식간에 몸을 날려 이동한 이현의 품으로 동철이 안겨들었다.

얼굴은 이미 눈물 콧물로 범벅이다.

"무슨 일이야?"

이현은 물었다. 동철은 놀란 가슴을 진정하며 울먹이는 목소리로 말했다.

"막막! 칼 찬 이상한 아저씨가 찾아와서 막! 애들도 때리고 괴롭히고 칼도 막 휘두르고…… 히끅! 아까도 청화 도사님한테 칼을 막……!"

울먹임이 섞여 알아듣기도 어려운 두서없는 말이다.

하지만 그것으로 충분했다.

'어떤 놈이 연무지부에서 난장 치고 있다!'

그것도 칼을 휘두르며 소동들과 청화를 위협하고 있다.

으득!

이를 악물었다.

第八章

짜—악!

시원하게 올려붙인 따귀에 소녀의 고개가 돌아갔다. 티 없이 맑은 여린 피부는 금세 붉게 달아 커다란 장인이 올라왔다. 흙투성이가 된 소녀의 도복에 새겨진 태극문양은 무색하게 바람에 흩날렸다.

"한낱 삼대 제자 따위가 대 남궁세가 직계인 이 몸의 행사를 가로막다니!"

대 남궁세가. 가주 남궁휘소의 삼남(三男).

남궁방위.

남궁방위는 심히 기분이 언짢았다.

'조용히 오검연만 참석하고 말려고 했더니!'

그 시작은 오검연에 참석하기 위한 남궁세가의 사절들과 함께 이곳에 들렀을 때부터였다.

그의 고종사촌인 강식에게 있었던 불상사를 들었다. 고작 무당파 소동들에게 당해 단전에 금이 갔다고 했다.

비록, 무당파가 직접 나서 사죄하고 소청단과 함께 무당 고수의 치료로 금 간 단전이 회복되었다고는 하나, 그냥 넘어갈 문제가 아니었다.

반쪽짜리지만 대 남궁세가 직계의 피를 이은 강식이 한낱 소동에 의해 낭패를 보았다는 것은 용납할 수 없는 일이었으니까.

그래서 나섰다. 주제 모르고 날뛴 소동들에게 벌을 내리고, 남궁세가의 이름으로 합당한 사죄와 대가를 받으려 했다.

그런데 계획이 틀어졌다. 눈앞의 이 소녀 때문이었다. 고작 열 살 남짓한 소녀다. 나이 짐작건대 아마 무당파의 삼대 제자쯤 되는 듯했다.

그 소녀가 가로막았다.

"주제도 모르는 년이! 고작 삼대 제자라는 신분이 너를 지켜 줄 것 같았느냐!"

뻔뻔하게 새운 무당파 등도촌 연무지부는 이미 처참하게

망가진 지 오래다.

그런데도 소기의 목적은 달성하지 못했다.

따끔히 혼을 내 주리라 작심했던 소동들은 모두 도망가 버렸다.

눈앞의 소녀 때문이다.

일개 삼대 제자라고는 믿기지도 않게 소녀는 뛰어났다.

아니, 내공이 뛰어났다.

볼품없는 무공에 뛰어난 내공.

예상치도 못한 소녀 때문에 눈앞에서 도망치는 소동들을 놓치고 말았다.

'이 내가 고작 삼대 제자 따위에게!'

고종사촌은 한낱 소동 따위에게 당해 단전에 금이 가고, 남궁세가의 직계 혈손인 그는 고작 삼대 제자에게 가로막혀 뜻을 이루지 못했다.

자존심 강한 남궁방위는 용납할 수 없는 일이었다.

"대체 왜 그러시는 거죠? 그 일이라면 무당파가 직접 사과하고 치료도 무사히 마쳤다고……."

짝!

날 선 소녀의 힐난에 다시 남궁방위의 손이 움직였다.

이번에는 반대쪽 뺨이다. 내공을 싣지는 않았지만 건강한 장정이 작정하고 올린 따귀다.

주륵!

입 안이 터진 소녀의 입에서 붉은 핏방울이 흘러내렸다.

"감히 네년 따위가 이 몸의 행차에 왈가왈부한단 말이냐! 버릇없이!"

이미 승패는 갈라진 지 오래다.

남궁방위는 원하는 바를 이루지 못했지만, 소녀는 남궁방위의 상대가 되지 못했다.

막대한 소녀의 내공은 바닥난 지 오래고, 무딘 소녀의 무공으로는 남궁방위를 어찌할 수가 없다.

그럼에도.

"고작 삼대 제자 따위가!"

고작 삼대 제자 따위의 눈빛은 죽지 않았다.

오히려 더욱더 날카롭게 적의를 드러낸다.

짜증의 연속이다.

마음에 들지 않는다.

'우리 남궁세가 따위는 안중에도 없다는 것이냐?'

강식의 일부터 시작해서 지금 이 순간까지.

남궁방위의 자부심인 남궁세가를 무시하는 것만 같다.

그렇지 않으면 애초에 강식이 단전에 금이 가는 큰 상처를 입을 일도 없었을 것이고, 남궁방위의 방문을 한낱 열 살도 되지 않은 삼대 제자가 막아서려고 하지도 않았을 것이다.

남궁세가를 무시한 무당파를 향한 분노가 모두 소녀를 향했다.

"제 신분이 무슨 상관이죠? 마치 제가 삼대 제자가 아니라면 이렇게 대하지 않으셨을 것이란 말씀처럼 들리네요? 그런가요?"

"뭣이?"

"제가 만약 삼대 제자가 아니라면요! 그럼 지금처럼 무례하게 억지를 쓰지 않으셨겠군요! 좋아요! 그럼 이제 억지 쓰지 마세요! 제 이름은……!"

"이익! 끝까지 모욕하는구나!"

소녀의 반문은 비수 같았다.

사실이다.

그의 앞을 가로막은 사람이 소녀가 아닌 무당파의 장로였었다면.

아니, 하다못해 일대 제자만 되었었더라면 이렇게 나서진 못했을 것이다.

하지만 그것이 진실이라 한들 타인의 입에서 듣는 것은 자존심 상하는 일이다.

하물며, 그 상대가 이미 남궁방위의 자존심에 상처를 낸 소녀였다면 말이다.

'고작 삼대 제자다! 잘못되어도 무당은 무어라 하지 못할

것이다!'

속가도 정식제자도 아닌 소동과 달리 삼대 제자다.

그래서 사정을 두었던 것도 사실이다.

하지만 이젠 그럴 마음도 사라져 버렸다.

혹여 일이 잘못된다고 해도 남궁세가의 이름이라면 충분히 넘어갈 수 있을 것이다.

아무리 무당파라도 일대 제자도 아닌 고작 삼대 제자 하나 어찌했다고 남궁세가와 척을 지려 하지 않을 테니까.

후웅!

독심과 함께 남궁방위의 손에 내공이 실렸다.

그저 입 안이 찢어지고 볼이 부어오르는 것으로 끝나지 않을 것이다.

이가 부러지고 턱뼈가 으스러질 것이다.

아니, 어쩌면 그대로 목이 꺾일지도 모른다.

상관없다.

'고작 네년 따위가!'

남궁방위는 소녀를 향해 휘둘렀다.

'네 주제 모름을 탓하거라!'

콰직!

'응?'

순간 남궁방위는 생각했다.

'아무리 내공이 실었다고 하지만⋯⋯.'

소리가 예상했던 것과 다르다.

'짝!' 혹은 '빽!'에 가까운 소리가 나야 한다. 그런데 콰직이다.

그리고.

'이 고통은 뭐지?'

턱 끝부터 전해지는 고통이다.

"크아악!"

모든 것이 이상했다.

그리고 그 순간.

갑자기 뒤흔들렸다.

"야! 쥐똥 너 여기서 뭐하냐?"

불의의 기습을 허용한 남궁방위가 튕겨 나가는 사이.

그의 귓가로 낯선 목소리가 들렸다.

오늘 처음으로 연 등도촌 연무지부는 난장판이었다.

연무장 한쪽에 박아 두었던 통나무 기둥은 박살이 나거나 잘려 나갔고, 수련이 쓰일 기물들도 모두 제 모습은 아니었다.

그리고.

청화가 맞을 뻔했다.

"등신이냐? 그냥 서 있으면 어떻게 해! 피해야지! 괜찮아? 병아리들은? 병아리들은 다 어디 가고?"

이현은 청화를 타박하며 주위를 살폈다.

청화는 확인했으니 소동들의 안전을 확인하기 위함이었다.

그런데.

"……."

청화의 대답이 없다.

그제야 이현의 시선이 청화를 향했다.

"너……."

빨갛게 부어오른 청화의 양쪽 뺨.

입술에서는 피까지 흘러나왔다.

"히끅! 히끅!"

배분이 아무리 청수진인과 같은 배분이라고 하지만 청화는 이제 고작 열 살이다.

강단 있고 조숙해도 애는 애다.

이현의 등장에 마음이 놓인 탓인지 청화의 두 눈에 이슬방울이 맺혔다.

"맞았네?"

이현의 목소리가 잦아들었다.

맞을 뻔했던 것인 줄 알았더니 이미 맞았다.

"저놈이냐?"

이현은 고개를 돌려 남궁방위를 노려보았다.

"……."

대답은 돌아오지 않았다.

그것으로도 대답은 충분했다.

"저놈이네."

어차피 이 자리에서 청화를 때릴 만한 인물은 그의 주먹을 맞고 쓰러진 남궁방위밖에 없다.

인상착의도 동철에게 들었던 것과 정확히 일치했다.

길게 고민하고 생각할 것도 없다.

"야. 쥐똥!"

이현이 조용히 청화를 불렀다.

"……이씨! 쥐똥 아니라고……."

청화는 이 와중에도 자신을 부르는 쥐똥이란 말이 싫은 듯 투정부렸다.

"살 만한가 보네. 칼 좀 빌리자."

"……어?"

스릉!

청화가 가부를 이야기하기도 전이다.

이현의 어느새 청화의 검을 뽑고 있었다.

"좀 자라."

털썩!

그리고 그대로 청화의 수혈을 점해 버렸다.

예상치 못하게 수혈을 짚인 청화는 실 끊어진 인형처럼 그 자리에 털썩 쓰러져 버렸다.

이현은 그런 청화를 가만히 바라보다 고개를 돌렸다.

"끄응!"

남궁방위가 아직 충격에서 벗어나지 못했는지 신음을 삼키며 바닥을 긴다. 그리고 한참을 버둥거리고 난 뒤에야 겨우 몸을 바로 세워 일어섰다.

턱이 너덜거린다.

"일대 제자십니까?"

남궁방위가 물었다.

"……."

이현은 아무런 말도 하지 않았다.

"아! 일대 제자셨군요. 저는 현 남궁세가의 가주이신 남궁 휘자 소자를 쓰시는 분의 삼남인 남궁방위라 합니다. 강 가장은 제게는 고모님의 가문이지요. 오늘 이곳에 찾은 이유도……."

말이 많다.

이현이 남궁방위를 보고 느낀 첫 감상이었다.

그리고.

콰드득!

이현은 그대로 남궁방위의 턱에다가 주먹을 내다 꽂아버렸다.

턱뼈가 그대로 으스러졌으리라.

"그런데 뭐?"

이현이 물었다.

"크윽! 모, 못 들으셨나 본데 저는 남궁세가의……."

콰직!

또다시 주먹이 날아갔다.

"남궁세가 가주의 셋째 아들. 남궁방위. 그런데 뭐?"

이현의 재차 질문을 던졌다.

"그, 그러니까 저는 남궁세가의……."

"알았다고! 그러니까 뭐!"

콰직!

또 주먹을 날렸다.

이현의 주먹은 남궁방위의 코뼈를 으스러트리며 틀어박혔다.

"네가 남궁세가의 누구든 내가 알 바는 아니고. 그러니까 뭐?"

화가 났다.

동철은 눈물범벅이 되어 찾아왔다.

이미 뺨을 맞은 청화는 울었다.

그리고.

자유를 향한 꿈을 완성하기 위해 간저의 주머니를 털어 만든 연무지부는 개 박살이 났다.

그런데 그 모든 것을 남궁가주의 삼남이란 신분으로 넘어가려고 한다.

"뭐 이런 놈이 다 있어?"

싸우러 왔으면 싸우자고 하던가.

그것이 아니면 잠자코 있기라도 하던가.

이건 뭐 이것도 아니고 저것도 아니다.

그저 믿는 것은 남궁세가라는 배경밖에 없다.

"아! 남궁방위. 그래! 남궁견검(南宮犬劍)."

"이익! 견검이라니요! 나는 대 남궁세가의!"

빠악!

"알았으니까. 닥쳐!"

남궁견검이라는 말에 발끈한 남궁방위의 입에다가 다시 주먹을 냅다 꽂아 버렸다.

누런 이 조각 몇 개가 주먹과 함께 딸려 나왔다.

'어쩐지 눈에 익더니만!'

기억났다.

남궁견검 남궁방위.

몇 푼 안 되는 능력에 믿을 건 남궁세가밖에 없던 한심한 인간.

가문의 뒷배로 무림맹에서 과분한 자리를 꿰차고, 웃기지도 않는 협이니 대의니 하며 떠벌리던 인간.

뒤로는 호박씨 까고 앞에서는 주제도 모르고 설치던 인간.

이러니 저러니 해도 남궁세가라는 이름을 전가의 보도쯤으로 알고 있던 한심한 인간이었다.

그리고. 그는 죽었다.

야율한. 아니, 혈천신마의 손에.

기억할 만한 인간은 아니었지만, 한심해서 기억하고 있었다. 그놈이 지금 눈앞에 있다.

혈천신마 때처럼 남궁세가라는 배경을 전가의 보도쯤으로 믿고 있는 채로.

'칼 빌려 두길 잘했네.'

새삼 투철한 준비 정신에 감사해야 할 지경이다.

귀찮게 주먹으로 때리고 싶지도 않은 인간이다.

쫘악!

검을 잡은 이현의 손에 힘이 들어갔다.

이현의 살심(殺心)을 읽었음일까.

연이어 얻어맞은 주먹에 정신을 못 차리던 남궁방위의 눈이 휘둥그레졌다.

"나, 나는 남궁세가의 남궁방위요! 나, 나를 건드리고도 무사할 것 같습니까? 나를 건드리면 남궁세가가 가만히 있지 않을 것입니다! 그, 그러니……!"

공포에 질린 남궁방위가 소리친다.

이것도 어째 들어 본 말이다.

'그래. 혈천신마였을 때.'

그때도 혈천신마 앞에서 이런 소리를 했었다.

"너도 참 변화가 없는 놈이다."

이현은 칼을 들었다.

푸르스르름 한 검기가 검신을 뒤덮었다.

"히이익!"

망설임 없는 이현의 동작에 남궁방위가 기겁을 하며 주춤주춤 물러섰다. 자신이 무공을 익히고 있다는 것도 까맣게 잊은 모양이다.

어째 그 모습도 낯이 익다.

아니, 이제는 이어질 말도 예상할 수 있을 것 같았다.

"사, 살려주세요!"

'역시!'

예상대로다.

물론, 남궁방위가 예상한 답안을 내놓았다고 달라지는 건 없다.

"싫어!"

조용히 살려고 했다. 먼저 건드린 건 남궁방위다. 살려줄 이유도 필요도 없다. 무당파와 남궁세가의 갈등도 걱정하지 않았다.

'뭐 어떻게든 되겠지.'

일단 마음먹은 이상 뒷일은 뒤에 생각한다. 그것이 싸움에 있어서 가장 기본자세다. 뒤에 찾아올 일들에 대한 생각이 많아지면 꼭 피 보는 법이다.

'아니, 제발 망했으면 좋겠다! 이 빌어먹을 무당파!'

남궁세가가 할 수만 있으면 제발 무당파 좀 망하게 했으면 하고 바랄 정도였다.

스확!

검을 휘둘렀다.

"으아아아악!"

남궁방위는 죽는다고 소리를 질러 댔다.

상관없다.

이현은 칼을 멈출 생각이 없었다.

그런데!

우뚝.

검이 멈췄다.

검은 남궁방위의 머리에 닿아 있었다. 조금만 더 들어갔으면 그대로 그의 머리를 갈랐을 것이다.

남궁방위는 이미 실신해서 검을 피할 능력조차 없다.

그런데 멈춰야 했다.

따끔!

목 언저리에.

서늘한 검신이 닿아 있었다.

이현이 만약 그대로 검을 내리쳤다면, 목에 닿은 그 검은 그보다 먼저 이현의 목을 베어 버렸을 것이다.

"오늘 익숙한 얼굴 많이 보네."

자신의 목에 맞닿은 검의 주인이 누구인지 안다. 얼굴을 보지 않아도 알 수 있다. 이현의 기억이 틀리지 않았다면 지금 그에게 이 같은 검을 날릴 수 있는 사람은 몇 되지 않았다. 그리고.

남궁방위의 일에 나설 사람은 그중 단 한 사람뿐이다.

"감이 좋구나."

그가 말했다. 이현은 피식 웃음이 나왔다.

"칭찬이라…… 좋아해야 하나? 검왕. 아니, 남궁성왕?"

창천검왕(蒼川劍王) 남궁성왕.

한때 혈천신마에 맞섰던 천하십대고수들 중 한 사람.

이현의 목에 겨누어진 검의 주인은 검왕이었다.

第九章

바람이 분다.

기묘한 대치가 이어지고 있었다.

이현의 검은 남궁방위의 머리에 닿아 있고, 남궁성왕의 검은 이현의 목에 닿아 있다.

누구 하나 먼저 움직이면 한 사람의 목숨은 사라진다.

반드시.

"뒤늦게 녀석을 말리러 왔더니……."

침묵 끝에 먼저 입을 연 사람은 남궁성왕이었다.

남궁방위의 경솔한 행동을 말리러 왔다고 한다. 하지만 상황은 이미 남궁성왕의 예상과는 많이 벗어난 지 오래다.

다른 행동 방향을 정해야 할 것이다.

지금처럼.

"모자란 녀석이나 노부의 손자이니 모른 척할 수는 없지. 검을 물리거라."

동시에 묵직한 기세가 이현의 어깨를 짓눌렀다.

검기상인.

단지 기운만으로 사람을 상하게 하는 경지.

무엇보다 남궁성왕이 내뿜은 기운은 제왕의 기운을 담은 제왕검형의 그것이었다.

위압감만으로도 사람을 짓눌러 버리는 기운이다.

남궁방위를 상대할 때는 장난스러웠던 이현도 이번만큼은 장난스러울 수는 없었다.

상대는 검왕이다.

"싫은데?"

그렇다고 물러설 생각은 없었다.

검왕이든 누구든 상관없다.

그가 검을 뽑아든 순간 단지 상대해야 할 적일뿐이다.

"허면 그댄 죽어."

"그건 싫고. 이렇게 죽긴 억울해서."

남궁성왕의 경고도 무섭지 않았다.

이 정도로 물러설 담력이었으면 애초에 혈천신마는 되지

도 못했을 것이다.

"검을 내려놓거라."

검왕이 다시 말했다.

"싫다고."

이현은 또다시 거절했다.

마지막 경고다.

본능이 이현에게 그렇게 말하고 있었다.

"그럼 어쩔 수 없구나!"

그것을 확인이라도 시켜주듯 검왕의 기운이 바뀌었다.

무겁게 어깨를 짓누르고 목에 닿은 검은 서늘한 예기를 뽑아낸다.

"귀찮게!"

팟!

이현도 반응했다.

차차창!

찰나의 순간 섬광이 두 사람을 뒤덮었다.

검과 검이 맞부딪치며 불꽃이 튀었다.

그리고 약속이라도 한 듯 두 사람은 훌쩍 몸을 날려 뒤로 물러섰다.

치이이익!

발이 끌린다.

이현은 삼(三) 장.

검왕은 일(一) 장.

두 사람이 물러선 거리다.

검왕과 달리 이현의 앞에는 다리가 끌린 흔적이 역력히 남아 있었다.

"칫!"

지표다.

두 사람의 격차를 나타내는 지표.

'아직 이것밖에 안 됐나?'

스스로 발전하는 태극무해심공.

이현이 놀고먹는 순간에도 태극무해심공은 무던히 성장해 왔다. 깨달음은 필요 없다. 이미 혈천신마였을 때 모두 깨달았으니. 거기에 혜광의 가학이 더해졌다. 가학이지만 동시에 수련이다.

이현은 스스로도 빠르게 예전의 힘을 되찾아가고 있다고 생각했다.

칠 년.

칠 년이면 과거 전성기 때의 혈천신마의 힘을 되찾는다.

혼원살신공이 아닌 태극무해심공인지라 변수는 많았지만, 계획은 그랬다.

그렇게 예상했다.

하지만.

그것으로는 아직 눈앞의 검왕을 상대하기에는 역부족이었다.

"허! 대단하구나! 무당에 그대와 같은 인재가 있다는 소리는 듣지 못하였거늘!"

검왕은 이현을 칭찬했다.

"염병!"

물론, 이현은 그 칭찬이 마음에 들지 않았다.

'혈천신마였을 때였으면 너는 한방 감이야! 임마!'

태극검제는 숨겨진 무언가라도 있었다. 하지만 검왕은 그런 것도 없다.

검왕의 실력은 혈천신마 때 경험해본 그대로다.

칼 한번 맞대 보고 나니 확실히 느껴진다.

혈천신마 때였으면 한 방에 끝내 버릴 적에게 칭찬을 받고 있으니 기분이 좋을 리가 없다.

오히려 자괴감이 느껴질 정도다.

"그대가 해하려 했던 아이는 노부의 손자일세. 허나, 자네의 성취를 보아 오늘 일은 없던 일로 할 것이야. 그러니! 물러서게."

큰 인심이라도 쓴다는 듯 남궁성왕은 말했다.

"걔가 때린 애는 태극검제의 사매요."

이현은 눈짓으로 청화를 가리키며 말했다.

신분을 두고 이야기하자면 이쪽도 꿀릴 것이 없다.

"그리고 여긴 무당파 등도촌 연무지부고."

이현은 손가락으로 바닥을 가리켰다.

책임 소재를 묻는다고 한다면 오히려 이쪽이 유리하다.

"정녕 무당은 본 가와 척을 지길 원하는가!"

검왕이 노호성을 터트렸다.

후웅!

그 기백에 고요했던 대기가 바람이 되어 이현의 얼굴을 때렸다.

"아! 먼저 공격한 건 그쪽의 귀하신 손자분이시고!"

이현도 지지 않았다.

"심하게 다친 쪽은 내 손자인 것 같네만?"

"그거야 진맥해 봐야 아는 일이고!"

꿈틀!

한마디도 지지 않는 이현의 대꾸에 검왕의 검미가 꿈틀거렸다.

숱이 짙은 눈썹이 꿈틀거리니 일순 분위기가 바뀐다.

쿠쿠쿠쿠쿠쿵!

마치 사막의 모래 폭풍처럼 흉포한 기세가 연무지부 안으로 가득 휘몰아친다.

분위기만 보아서는 당장 먹구름이 끼고 폭우라도 쏟아질 듯하다.

창천검왕이 아니라 호우검왕이라 불러야 할 판이다.

'치워 놓을걸!'

바뀐 분위기에 이현은 흘깃 청화를 바라보았다.

전심을 다하기로 작정한 검왕이 움직이면 이 넓은 연무 지부도 무사하지 못한다.

돌과 나무로 만들어진 연무지부도 결딴나는 판이다.

여물지도 못한 청화가 어떻게 될지는 굳이 상상할 필요 도 없는 문제였다.

저벅.

이현은 걸음을 옮겼다.

청화의 앞을 가로막는 한편, 늘어트린 검 끝은 남궁방위 를 향했다.

무언의 경고다.

섣불리 움직이면 남궁방위의 안전이 무사치 못할 것이라 는.

"사과하든가. 아니면 저놈 팔 하나 떼 주든가. 어때? 간 단하지 않습니까?"

반말과 존대가 뒤섞인 질문을 던졌다.

"……크하하하핫! 그래! 그렇구나!"

그런 질문에 남궁성왕이 파안대소를 터트렸다.

바람이 멋대로 불어 댄다.

머리칼이 흩날리고 도복이 찢어질 듯 펄럭거렸다.

뚝!

그리고.

남궁성왕의 웃음이 그치자 거짓말처럼 바람도 사라졌다.

"이제야 알겠구나! 무당이 얼마나 우리 남궁세가를 쉬이 여겼는지를 말이다!"

"그놈의 말끝마다 남궁세가는!"

이현이 들릴 듯 말 듯 중얼거렸다.

남궁성왕을 보고나니 남궁방위가 왜 이렇게 한심한 인간이 되었는지 알 만했다.

'집안 내력이네!'

남궁성왕이나 남궁방위나 '남궁세가' 그 네 글자가 대체 얼마나 대단하기에 무슨 전가의 보도쯤은 되는 듯하다.

하지만.

'좋지 않아!'

투덜거리면서도 냉정할 때는 냉정해야 한다.

바람이 멎었다.

태풍이 휘몰아치기 전이 가장 고요한 순간이다.

지금이 그때다.

"피를 보아야겠다면! 그럴 수밖에!"

콰앙!

소리부터가 달랐다.

단지 앞으로 내딛는 한 걸음이었건만 무슨 천둥이라도 치는 듯하다.

'염병!'

움직여야 했다.

팟!

이현도 마주 달려 나갔다.

긴 꼬리를 남기며 두 사람이 서로를 향해 마주 달려 나갔다.

누구 하나 먼저 멈출 기미가 보이지 않았다.

오히려.

서로를 향해 나아가는 두 사람의 속도는 점점 더 거리가 좁혀질수록 빨라지고 있었다.

꽝!

검과 검이 부딪쳤는데 화약고라도 터진 듯했다.

"크윽!"

이현은 이를 악물었다.

손 안이 저릿했다. 금방이라도 손아귀가 터져 나갈 것만 같다.

코가 닿을 듯 가까이 마주한 검왕의 두 눈은 무심하기만
했다.

'움직여야 한다!'

지금의 충격에 움츠러들어서는 안 된다.

피하면 그 충격파는 청화에게까지 미칠 것이다. 그렇다
고 이대로 머물러 있어서도 안 된다.

'이제 시작이다!'

이 한 번의 부딪침은 그저 인사일 뿐이다.

얼굴은 텄으니, 이제 본격적인 대화를 나누어야 할 때다.

차라라랑! 캉캉! 창!

검기와 검기가 부딪친다.

이따금 검기가 강기가 되기도 하고, 검기가 흩날리기도
한다.

짧은 순간 수십 합을 겨누었다.

"태극혜검이라! 좋구나!"

검왕을 마주한 이현이 펼친 검술은 태극혜검이었다.

만류귀종이라고는 하지만, 혈천신마 때 익혔던 것은 도
다. 그리고 그 초식 모두 도에 맞춰 발전시켰었다.

검을 든 지금 혈천신마 때의 초식으로는 전력을 뽑아낼
수 없다.

현재.

이현이 검으로 펼칠 수 있는 가장 강력한 검술은 기분 나쁘게도 태극혜검이었다.

'허접한 무당 검공으로 싸워야 한다니!'

속으로는 투덜거렸지만, 검왕의 칭찬처럼 태극혜검은 좋은 검술이었다.

특히나.

검왕이 펼치는 제왕검공과 같은 강검을 상대할 때는 태극혜검만큼 효율적인 검술은 찾기 어려웠다.

방어에 유리했다.

상대의 힘을 흘리고 역이용한다.

이화접목(梨花楼木). 사량발천근(四兩撥千斤). 차력미기(借力彌氣).

무당 무학의 근간을 이루는 이치.

그 모든 이치가 정점에서 한데 어울려져야 완성할 수 있는 것이 태극혜검이다.

검왕에 비해 모든 것이 열세인 이현이 무난히 버틸 수 있었던 것도 이러한 태극혜검의 이치 덕분이다.

하지만.

'이것으론 부족하지!'

검왕은 아직 전력을 쏟지 않았다.

태극혜검만으로는 검왕을 쓰러트릴 수 없다.

다른 방법을 찾아야 한다.

이현은 현란하게 검을 휘두르는 한편 머릿속으로는 검왕을 처리하는 방법을 찾고 있었다.

두뇌가 빠르게 회전한다.

'하필 떠오르는 건 죄다 무당 무학이냐!'

얼마나 많은 무공 비급을 읽고 그 이치를 간파했는데!

결국, 급하니까 생각나는 것은 혈천신마 때의 무공과 무당의 무공뿐이다.

만류귀종.

모든 것은 종래에 한 곳에 이른다.

좋은 말이다.

맞는 말이기도 하다.

하지만.

가장 높은 산을 올라도 그 길은 저마다 다른 법이다.

위에서 내려다보면 모두 같지만, 그렇다고 올라오는 모든 샛길까지 모두 헤아릴 수 있는 것은 아니다.

같은 이치다.

급하니까 익숙한 것과 최근의 것을 찾는다.

'좋아!'

어쨌든 판단은 섰다.

'우선!'

휘릭!

검왕의 검을 튕겨낸 이현의 신형이 빠르게 회전한다. 순간 이현은 손을 활짝 폈다.

팡!

장심(掌心)으로 검왕의 검면을 때렸다.

푸확!

순간적으로 반응해 검신을 비튼 검왕 때문에 손 가죽이 베였다.

기어이 피를 봤다.

'겁나 아프네!'

덕분에 검왕의 검을 떨쳐내고 거리를 벌렸다.

원하던 바다.

'이제 다음!'

지금까지의 빠르게 휘두르던 검속이 아니었다.

스으윽!

한없이 느린 검이다.

불완전한 태극(太極).

태극혜검의 묘는 사라지지만, 대신 다른 것이 생긴다.

파지지직!

검신이 그린 큰 원 속에서 내기와 내기가, 음과 양이 부딪치며 어지럽게 얽혔다.

참회동과 함께 진법을 박살 냈던 그날의 한 수다.

"이건!"

검왕도 심상치 않은 기운을 느꼈다.

급히 공력을 뽑아낸 검왕의 검 끝에 강기가 어렸다.

스화악!

강기가 실린 검왕의 검이 이지러지는 기운들을 꿰뚫고 이현을 향한다.

'늦었어, 이 인간아!'

그 사이 이현의 검도 원을 그렸다.

모을 수 있는 모든 기운을 끌어모았다.

머리 위 정점으로 향한 검이 찔러 들어오는 검왕의 검을 향해 떨어져 내렸다.

푸화아악!

흙먼지가 일어나 사방으로 번진다.

마치 태풍이라도 일어난 것처럼 내기가 실린 거친 바람이 연무지부를 휩쓸고 지나갔다.

기와가 날아가고 연못이 뒤집어졌다.

우직끈!

수련에 지친 소동들을 위해 특별히 간저에게 주문했던 정자(亭子)의 기둥이 비명과 함께 넘어갔다.

"……."

그리고 잠시 뒤.

뒤이어 찾아온 고요한 침묵 속에서 태풍이 가라앉았다.

뿌옇게 일어났던 흙먼지가 가라앉고 두 사람의 모습이 드러났다.

검왕의 행색은 볼품없다.

숱 짙은 검은 눈썹은 여기저기 그을렸다. 단정했던 도포는 낭자 당한 듯 찢겨 넝마가 되어 버렸다.

"쿨럭!"

이현도 무사하지 않았다.

검왕과 마찬가지다. 여기저기 그을린 흔적과 함께 넝마가 되어 버린 옷.

심지어 입에서는 검붉은 선혈마저 쏟아져 나온다.

크그극!

그럼에도 맞닿은 두 검은 누구 하나 밀리지 않고 치열한 힘 싸움을 벌였다.

서로가 서로를 잡아먹을 듯 노려본다.

그때였다.

"……물러서지."

이현을 노려보며 검왕이 말했다.

말 뿐만이 아니다.

서슴없이 검을 수습한다.

비틀!

팽팽하게 맞서던 힘이 사라져 버리니 이현은 순간 비틀거릴 수밖에 없었다.

찰나였지만, 그것은 분명 허점이다.

검왕 같은 고수에게는 너무나 손쉬운 먹잇감이다.

그런데도 검왕은 이현을 공격하지 않았다.

물러서겠다는 그의 말처럼 더는 공격할 의사가 없음을 내비친 것이다.

저벅. 저벅.

이현이 비틀거리는 사이.

검왕은 무심히 걸음을 옮겼다. 청화를 스치고 지나가서 막 남궁방위의 앞에 닿았을 무렵이었다.

"뭐 빼먹은 것 같은데?"

물끄러미 그 모습을 바라보던 이현이 한 말이다.

우뚝!

남궁방위를 수습하려던 검왕이 동작을 멈추고 고개를 돌려 이현을 바라보았다.

"사과하거나. 아니면 팔 하나. 말했을 텐데요?"

입가에는 핏자국이 역력하면서도 이현은 웃고 있었다.

소동들은 눈물 콧물 쏟았고, 청화는 맞았다.

곱게 보낼 생각이었으면 싸우지도 않았다.

"무식한 것이냐? 아니면 용감한 것이냐?"

"왜? 또 싸우시게?"

"못 할 것도 없지 않으냐."

당장에라도 다시 검을 뽑고 나설 태세다.

"후회하실 텐데?"

그럼에도 이현은 웃음을 지우지 않았다.

마치 어디 갈 데까지 가보자는 투다.

잠시 멈췄던 두 사람의 기 싸움이 다시 팽팽하게 이루어졌다.

스확!

검왕이 검을 움직였다.

"으아아아악!"

혼절해 있던 남궁방위가 비명을 터트렸다.

검왕의 검이 남궁방위에게 향한 것이다.

"어리석은 아이의 실수로 남궁가를 욕보일 수는 없지. 이로써 모든 것은 끝났다."

무심한 목소리와 함께 검왕의 손이 움직였다.

친손자를 구하기 위해 싸웠음에도 종래에는 친손자의 안위가 아닌 가문의 자존심을 먼저 챙기는 모습이다.

툭!

이현의 발치로 남궁방위의 왼팔이 떨어져 뒹굴었다.

"이름이?"

검왕이 물었다.

"이현입니다."

"검제와는? 무슨 사이더냐?"

"일단은 이 몸의 스승이십니다."

"그렇군."

이현의 대답에 남궁성왕이 고개를 끄덕였다.

"기억하지."

"잊으셔도 됩니다."

으르렁거리는 듯한 남궁성왕의 말에도 이현은 끝까지 지지 않고 대꾸했다.

검왕은 갔다.

외팔이가 되어 버린 남궁방위와 함께.

털썩!

이현은 그제야 자리에 주저앉을 수 있었다.

아까부터 후들거리는 다리를 숨기느라 죽을 맛이었다.

으두득! 우두득!

온몸이 비명을 지른다.

검왕의 검력을 상대하다 보니 관절 마디마디가 조금씩 어긋나 버렸다.

이만하길 다행이다.

긴장이 풀린 이현은 고개를 돌려 청화를 바라보았다.

쌔액! 쌔액!

수혈이 짚인 청화은 여전히 잠들어 있었다.

여기저기 흙먼지를 뒤집어쓰긴 했지만, 특별한 외상이나 내상이 있는 것 같지도 않았다.

"크르렁!"

"……진짜 자냐?"

수혈이 아니라 진짜 잠들었나 보다.

코까지 고는 것을 보면.

"억울해! 억울해! 억울하다고! 이 쥐똥 같은 년아!"

괜히 억울했다.

천하의 혈천신마가 누구 때문에 목숨까지 걸고 박 터지게 싸웠다.

삼생의 영광으로 생각해야 할 일이다.

헌데, 그 삼생의 영광을 누리는 당사자는 팔자 좋게 자고 있다.

심지어.

"내가 누구 때문에 다 이긴 싸움 포기한 건데!"

그 누구 때문에 천하의 혈천신마가 다 이긴 싸움을 포기했다.

이현의 두 눈이 싸늘하게 가라앉았다.

"감히 이 몸을 닭으로 봐?"

소 잡는 칼도 아닌, 닭 잡는 칼 따위나 내밀던 오만한 백정.

단번에 그 숨통을 뜯고 가르쳐 줄 수 있었다.

얕잡아 보았던 사냥감의 정체가 무엇인지.

하지만 포기했다.

누구의 안전 때문에.

"너 때문이잖아! 이 속편한 것아!"

원망 가득한 이현의 외침이 단잠에 빠진 청화를 향해 날아들었다.

*   *   *

저벅. 저벅. 저벅.

검왕의 표정은 딱딱하게 굳어 있었다.

어깨에 짊어진 남궁방위의 왼쪽 어깨에서는 핏물이 배 남궁성왕의 옷을 적시고 있었다.

팔이 잘려 나갔다.

지혈한다고 했지만, 피가 배어 나오는 것은 어쩔 수가 없었다.

"끌끌끌! 얼굴이 아주 보기 좋구나!"

그런 남궁성왕 앞에 누군가 모습을 드러냈다.

"……남궁성왕이 어르신을 뵙습니다."

"끌끌끌! 내키지도 않는 인사는 무엇하러 하느냐!"

"그래야 덜 억울하겠지요."

으득!

남궁성왕은 이를 악물었다.

이현 때문이 아니다.

매서웠지만 마지막 순간 승기를 잡은 것은 분명 검왕 자신이었다.

이현은 피를 토하고 다리가 풀렸지만, 검왕은 멀쩡했다.

그런데도 물러서야 했다.

눈앞의 이 사람 때문이었다.

미친 도사.

"광도(狂道) 혜광!"

"육시랄! 이게 고마운 줄도 모르고 어디 어르신의 존함을 함부로 입에 올려! 왜? 아주 자손 대대로 이 몸의 존함을 새겨 주랴? 내 안 그래도 내 별호 아는 놈이 몇 없어 섭섭하던 참인데!"

잊고 살던 자신의 별호가 튀어나오자 혜광의 눈썹이 역팔자로 휘었다.

"그럴 리야 있겠습니까. 후배가 무례를 하였다면…… 죄송합니다.”

검왕은 고개를 숙일 수밖에 없었다.

그가 새까맣게 어린 무당의 후배에게 물러선 것도, 피를 통한 혈육의 팔을 잘라 낸 것도 눈앞의 이 혜광 때문이었다.

강호에 그의 정체를 아는 이는 셋을 넘지 못한다. 검왕은 그 셋 중 하나였다.

'아니, 그마저도 진실한 정체인지는 모르지.'

그만큼 모든 것이 신비에 싸인 존재.

그것이 혜광이었다.

그리고 사실 그의 진짜 정체가 무엇인지는 이미 상관없는지도 몰랐다.

태극검제 청수진인을 만든 장본인.

그것으로도 물러서야 할 이유는 충분했다.

“끌끌끌! 불만 가득한 눈빛 하고는! 아주 이 늙은 몸뚱이 잡아 잡수시기라도 하겠어! 도와준 것도 모르고 날뛰는 꼴이 참 볼만하다. 이 육시랄 것아!”

혜광은 검왕을 타박했다.

그리고.

탁탁!

혜광이 장난스럽게 검왕의 검갑을 두드렸다.

"거 검도 이제 바꿀 때가 되긴 되었지. 어지간하면 마주 치지 말자꾸나. 내 삼출행(三出行)의 남은 일행(一行)을 네 놈을 위해 쓰고 싶은 마음이 없으니."

"그러시지요."

고개를 숙이는 검왕의 곁을 혜광이 지나쳤다.

신법은커녕 무공을 익힌 흔적조차 찾아볼 수 없는 평범한 걸음걸이었지만, 검왕은 그 뒷모습을 보며 식은땀을 흘릴 수밖에 없었다.

"여전하시군."

여전했다.

"무결하신 것은."

무결한 것은.

평범해 보이는데, 특별할 것도 없어 보이는데.

약점이 없다.

가문이 자랑하는 제왕검식으로도 걸어가는 혜광의 발걸음조차 멈춰 세울 자신이 없다.

심지어 그런데도 차이가 보인다.

반 초식. 아니, 그 반의 반 초식.

십 년 전에도, 이 십 년 전에도 검왕의 비친 혜광과의 거리는 딱 그 정도였다.

검왕은 쓸쓸한 웃음을 지었다.

그때였다.

"음!"

돌연 검왕의 표정이 일변했다.

'검을 바꿀 때가 되었다? 무슨 뜻인가!'

순간 혜광이 무심히 흘리고 간 말이 떠올랐다.

창!

급히 검을 뽑았다.

'결코, 허튼 말을 하실 분은 아니다.'

괴팍하고 막무가내인 성정은 알지만, 그렇다고 쓸데없는 헛소리나 하고 다니는 인간은 아니다.

새하얀 검신이 검왕의 앞에서 그 자태를 뽐내고 있었다.

창천신검.

뛰어난 장인이 삼대(三代)를 거쳐 완성한 보검(寶劍).

거기에 평생을 함께하며 검왕의 기운을 흡수한 검이다.

능히 신검이라 칭할 만했다.

이제는 손과 같은 검이라 생각했다.

그런데.

창천신검을 바라보던 검왕의 눈썹이 꿈틀거렸다.

"언제부터 이랬단 말인가!"

작은. 아주 작은 균열이다.

하지만 그건 겉으로 드러난 균열일 뿐이다.

'안에서 부서졌다. 창천은 이제 검이라 할 수 없다!'

잡아 본 순간 깨달았다.

창천신검은 더 이상 검이 아니다. 안에서 부서졌다. 조그마한 충격에도 모래성처럼 부서져 내릴 것이다.

그건 검이 아니다.

문제는.

언제부터 창천신검이 검이 아니게 되었는가다.

"광도 혜광?"

혜광은 그저 검갑을 툭툭 치고 갔을 뿐이다.

"아니면……."

오늘 창천신검과 접촉한 또 한 사람.

"아니, 아니다! 그럴 리 없을 것이다!"

순간 떠오른 생각에 검왕은 급히 고개를 저어 상념을 털어 냈다.

있을 수 없는 일이다.

혜광이 그랬을 것이다.

"짓궂은 장난이시군!"

혜광의 장난이어야만 했다.

반드시!

*　　　*　　　*

"끄응!"

간저의 입에서는 앓는 소리가 터져 나왔다.

'왜?'

이유는 모른다.

다짜고짜 그를 연무지부로 부른 이현의 한마디 때문이다.

"대가리 박아!"

그 말 한마디에 이 꼴이 되었다.

간저 혼자면 이해는 한다. 원래 종잡을 수 없는 인간이었으니까.

그런데 이번엔 혼자가 아니다.

옆에 대두도 머리를 박고 있다.

"끄어어어억!"

머리가 남들 두 배인 탓에 고통도 두 배인지, 눈까지 까뒤집고 당장에라도 혼절할 기세다.

대두뿐만 아니다.

간저패의 모든 식구가 연무지부에 불려 나와 머리를 박고 있었다.

"꼼수 쓰면 뒈진다?"

"끙!"

"끄억!"

여기저기서 신음이 터져 나왔다.

'대체 왜? 아침까지만 해도 분위기 좋았잖아?'

오늘 아침까지만 해도 웃는 낯으로 보았던 사이다. 하물며 눈치껏 무당의 큰 어른으로 보이는 인물에게 금원보 열 개나 쾌척했다.

상을 줘도 모자랄 판이다.

아니, 상은 받았다.

장문인 친필 감사장.

하지만 그건 어디까지나 등도촌 연무지부의 설립에 앞장선 공으로 받아 낸 것이지, 뒷돈 찔러 주고받은 것은 아니었다.

그런데 왜?

상을 받아도 모자랄 판에 기합을 받고 있단 말인가.

'제길! 이러다 장사 다 망칠라!'

이제 곧 오검연이 시작된다.

무당파를 찾아오는 다섯 문파를 비롯한 수많은 무인과 구경꾼들이 구름 떼처럼 몰려올 시기다.

장사로 치면 호황기도 이런 호황기가 없다.

한창 도박장 준비하고, 주점 관리해야 할 수하들까지 죄다 끌려나와 대가리를 박고 있는 실정이니 장사는 어떻게 한단 말인가! 장사는!

막대한 액수의 수익이 눈앞에서 날개 달고 훨훨 날아가고 있다.

눈을 질끈 감았다.

"도사님!"

용기를 내어 벌떡 일어났다.

하늘이 돈 벌라고 내려주신 절호의 기회를 이대로 대기리만 박고 흘려보낼 수는 없는 일이다.

"어! 그래 박아!"

"예!"

하지만 반항은 반항일 뿐이다.

용기 내어 일어섰던 간저는 이현과 눈이 마주치는 순간 전광석화의 속도로 다시 머리를 박았다.

'제길! 무슨 눈의 사람 눈깔이!'

눈 한번 마주쳤는데 숨이 턱하고 막힌다.

심약한 사람은 그대로 심장이 멎어 버릴 눈빛이다.

"궁금하냐?"

"예?"

"궁금하냐고."

이현의 물음에 간저는 속으로 욕을 내뱉었다.

'제길! 그럼 궁금하지! 안 궁금하겠냐? 영문도 모르고

끌려와서 대가리 박고 있는데?'

    속에서는 삼라만상의 이치를 담은 백여덟 개의 욕이 무한히 재생산되고 있다.

    하지만.

    "그…… 궁금하기는요! 도사님께서 박으시라면 박는 거죠! 무슨 이유가 필요하겠습니까!"

    간저는 비굴했다.

    비굴함을 미덕으로 삼는 암흑가의 훌륭한 수장이었다.

    그런 간저의 뒤통수 위로 이현의 시선이 매섭게 내리꽂혔다.

    "오늘 우리 병아리들이 많이 놀랐어. 울기도 하고 말이지."

    이현의 목소리가 들려온다.

    머리를 박은 상태에서도 간저의 얼굴엔 의문 부호가 떠올랐다.

    '근데 그게 왜?'

    이현의 이야기는 이어졌다.

    "그리고 보시다시피 이 몸이 직접 손수 기획하고 구상한 연무지부는 개 박살 났지."

    '제길! 나는 그거 세웠다!'

    이상하게 들으면 들을수록 묘하게 화가 치미는 마력을

가지고 있다.

이현은 구상만 하고 시키기만 했지만, 정작 그것을 완성한 건 간저다.

모아 놓은 돈 털어서 인부 구하고 재료 사고 토지매입 해서 직접 현장 관리까지 하며 만들었다.

그런데 지금 꼴은 무엇인가.

원래의 그 웅장하고 으리번쩍했던 모습은 어디로 가고 죄다 폐급 공사 자재만 굴러다닌다.

사과를 받아도 모자랄 판에 벌을 받고 있다.

"그리고 청화는 뺨까지 맞고 울었어."

'그러니까 걔가 누군데?'

병아리들은 안다. 이현이 가르치는 소동들이랬으니.

하지만 청화는 또 누구란 말인가.

다행히 이번에는 간저의 화가 폭발하기 전에 이현이 충분하고 자상한 설명을 내놓았다.

"이 몸의 스승인 태극검제에겐 같은 스승을 둔 무당파 청자 배 막내 제자."

"헙!"

절로 기합성이 터져 나온다.

정수리 끝에서 느껴지던 알싸한 고통이 말끔히 사라졌다.

'거, 거물!'

태극검제다.

무당파를 대표하는 최강자이자, 천하십대고수 중 한 사람.

그 사람과 같은 스승을 둔 청자 배 막내 제자!

사가로 치면 무당파 장문인은 물론 천하십대고수 중 한 사람과 오빠 동생 하는 사이라는 말이 아닌가!

벌떡!

"어떤 죽고 싶어 환장한 놈이 감히 그런 귀하신 분의 옥체에다가 더러운 손을! 말씀만 하십시오! 이 간저! 목숨을 걸고 그 자식 배때기에 칼 빵 한번 제대로 놓고 오겠습니다! 아마, 찔리는 순간 염라대왕과 면담하고 바로 팔대지옥 순방길에 오르게 될 겁니다! 저 간저! 믿어 주십시오!"

도가인 무당파 앞에서 불가의 팔대지옥을 당당히 언급한다.

간저는 이미 눈 돌아가 버린 지 오래다.

'어떤 놈이 장사 망치려고!'

고귀하신 분이 귀싸대기를 맞았단다.

무당파가 가만히 있으면 무당파가 아니다.

대번에 산속에서 조용히 성질 죽이고 계시던 분들이 범인 잡겠다고 무더기로 쏟아져 나올 것이 분명했다.

아무리 무당파와 사업적 협업 관계를 맺었다지만 간저패는 기본적으로 암흑가.

영업이 가능할 리가 없다.

일 년이건 이십 년이건 범인 잡아 족칠 때까지 무기한 영업 정지다.

굶어 죽기 딱 좋다.

"오호! 그래?"

벌떡 일어선 간저의 외침에 이현의 두 눈이 호선을 그렸다.

'제길! 어째 불안한데?'

돌아갔던 눈이 제자리로 돌아왔다.

불길함이 엄습해 온다.

그런데.

"맞습니다! 무당파의 일은 저희 간저패의 일! 저희가 직접 처리하겠습니다!"

"죽이긴 왜 죽입니까! 살려 두고 두고두고 제발 죽여 달라고 애원하게 만들 자신 있습니다!"

눈치 없는 수하들이 말썽이다.

자고로 암흑가는 눈치가 칠할 운이 삼 할이라 그렇게 누누이 가르쳤건만 분위기 파악 못 하고 죄다 일어서고 있다.

'그나마 대두 너라도 있어서 다행이다.'

그나마 믿을 건 아직 일어나지 않은 것이 대두가 유일했
다.

"꼬르륵!"

"제길!"

물론, 그것이 단지 기절했기 때문이란 사실을 알았을 때
의 배신감은 두 배다.

기절한 채 모로 쓰러져 버린 대두를 바라보는 간저의 얼
굴은 심란했다.

'아씨! 불안한데……!'

그리고 역시나.

"남궁세가."

뚝!

이현의 한마디에 들불처럼 일어났던 수하들이 빳빳하게
얼어붙었다.

'제길! 그러니까 내가 나서지 마라니까!'

원망 가득한 간저의 눈빛에 수하들은 급히 고개를 푹 숙
여버렸다.

어쨌거나 벌어진 일이다.

"현 가주의 셋째 아들. 남궁방위. 그놈이 쳐 들어와서 이
꼬라지를 만들어 놨어. 간저?"

"……엡?"

대답은 했는데 뒷골이 싸하다.

정말 했던 말 지키라고 하면 다 버리고 등도촌 떠날 생각까지 했다.

남궁세가 삼공자라니!

'배때기에 칼 꼽기 전에 내가 죽겠다!'

설혹 꽂는다 해도 평생 두 발 뻗고 자기는 포기해야 한다.

"진짜 칼 꽂을래?"

"……"

이현의 물음에 간저는 침묵으로 대답을 대신했다.

고개 숙인 남자 간저의 어깨는 이현의 동정을 구하기라도 하는 듯 애처롭게 떨렸다.

"이제 뭘 잘못했는지 알겠냐?"

"예?"

이현의 물음에 간저의 고개가 다시 올라갔다.

"그…… 잘못이라는 것이? 그러니까 무슨 뜻으로?"

분명 분기탱천할 일이기는 그렇다고 딱히 간저패가 잘못한 일은 없었다.

분명 그렇게 생각했다.

그런데 이현의 생각은 다른가 보다.

"너희 등도촌에서 보호세 받아? 안 받아?"

"바, 받습죠?"

"보호세의 의미가 뭐야?"

"그야 등도촌을 보호하고⋯⋯."

"나아가서는 이곳 등도촌의 모든 사람의 안전을 지키는 것. 맞지?"

"그, 그렇죠?"

간저가 고개를 끄덕였다.

현장의 의미와는 한참 벗어났지만, 어쨌든 맞는 말이긴 했다.

"그럼 여기에 있던 우리 병아리들이랑 쥐똥. 아니 청화도 지켜야 해? 말아야 해?"

'제길!'

이어지는 이현의 물음에 간저는 와락 인상을 찌푸렸다.

맞는 말이긴 하다.

하지만 달랐다. 달라도 전혀 달랐다.

간저는 손을 들었다.

"저⋯⋯ 여기는 면세 구역인데요?"

이곳 연무지부는 보호세를 안 받는다.

받을 생각도 안 했고, 받고 싶지도 않다.

빠악!

하지만 논리적인 간저의 대답에 돌아온 것은 이현의 무

참한 폭력이었다.

후두부를 강타당한 간저는 눈알이 빠질 것 같은 고통에 눈물을 찔끔 흘려야 했다.

"야! 나라가 황제한테 세금 거둬 안 거둬?"

"아, 안 거두죠?"

"그럼? 황제도 세금 안 내니 안 지키냐?"

"지, 지켜야죠? 황제니까?"

"그렇지! 그럼 우리 병아리들이랑 청화도 지켜야 해? 안 지켜야 해?"

"……지, 지켜야 합니다."

간저의 목소리가 점점 작아졌다.

'그, 그렇게 되는 건가?'

듣고 보니 맞는 말인 것 같기도 하다. 그런데 왜 자꾸 손해 보는 기분일까.

이럴 때는 대두라도 옆에 있으면 좋을 텐데, 대두는 이미 기절해서 의식불명 상태다.

하지만 이현은 흡족한가 보다.

"좋아! 그럼 병아리들이 등도촌에서 걷다가 넘어졌어. 그럼 누구 잘못이야?"

"저, 저희 잘못이죠?"

"그럼 등도촌에서 병아리들이 울었어! 그럼 누구 잘못이야?"

"저, 저희 잘못인가요?"

"맞아! 그럼 오늘 일! 누구 잘못이야?"

"……죽을죄를 지었습니다!"

듣고 보니 정말 간저패의 잘못이다.

잘못도 이런 잘못이 없다.

"박아!"

"옙!"

간저는 빠른 속도로 대지와 머리를 마주했다.

이제 왜 머리를 박아야 하는지 궁금증이 풀렸다.

소동들을 울리고 무당파 장문인인과 태극검제와 형제자매인 청화까지 울렸다.

머리 박기로 끝난 것만으로도 다행이다.

그런데.

'왜 이렇게 찜찜하지?'

간저는 엄습하는 찜찜함에 몸서리쳤다.

第十章

　화산과 종남. 북궁과 남궁. 그리고 무당.

　검공을 절기로 하는 이 다섯 문파가 모여 무공발전과 상생을 도모하기 위해 만든 것이 바로 오검연이다.

　무당파에서 오검연이 열렸다.

　화산에서 열하나. 종남에서 열하나. 각각 문파당 열한 명씩의 손님이 찾아와 도합 마흔네 명의 손님이 찾아온 것이다.

　손님은 그뿐만이 아니었다.

　오검연의 개최 소식을 들은 강호 무사들 또한 하나둘 무당을 찾아오기 시작했다.

그 숫자는 헤아리기조차 어렵다.

손님을 맞이하는 우진궁주를 비롯한 우진궁 소속 제자들과, 문파를 대표하는 장로와 장문인이 바쁘게 움직였다.

등도촌도 바쁘긴 매한가지다.

눈만 마주쳐도 칼부림을 버리는 무림인들이 등도촌에 모였으니 간저패는 바쁠 수밖에 없다.

이리저리 뛰어다니며 사건·사고를 방지하고 해결하기 위해 팔자에도 없는 평화유지군을 하고 있었다.

이현의 안전 교육이 빛을 발하는 순간이다.

그러거나 말거나.

"아! 더도 말고 덜도 말고 요즘만 같아라!"

이현은 한가했다.

아니, 행복했다.

눈코 뜰 새 없이 바쁜 것이야 남 일에 불과했다. 오검연으로 소동들을 가르치는 일도 중단되었고, 귀찮게 따라붙었던 징그러운 혜광의 감시도 중단되었다.

어디에 처박혀 있는지 모습조차 찾아볼 수가 없다.

이유는 모른다.

그렇다고 누가 무어라 하지도 않는다.

집법당주마저 아무 말도 하지 않는데 누가 무어라 할까.

덕분에 자유의 몸이 된 이현은 그저 지금 이 순간의 여유를 즐기는 데에만 전심전력을 다했다.

"그리고 보면 남궁세가 일도 조용히 지나갔어?"

청화가 뺨을 맞았다. 남궁방위는 팔이 잘렸다.

그런데도 무당파는 물론 남궁세가까지 그날의 일에 대해서는 일언반구도 없다.

"하긴, 위에서 자기들끼리 알아서 해결했겠지."

장문인 이하 장로들과 남궁세가 사이에서 무슨 말이 오갔는지는 알지 못한다.

신경 쓸 생각도 없다.

아무런 탈 없이 조용히 넘어갔으면 그것으로 됐다.

벌컥!

"아주 방바닥에 눌어붙어라! 눌어붙어!"

만사를 남의 일로 치부하고 방바닥을 굴러다니는 이현을 보며 청화가 바가지를 긁어 댔다.

남궁방위에게 뺨을 맞았던 일은 잊었는지 평소의 밝은 모습이다.

"아! 왜 또 와서 시비냐?"

한창 오랜만의 여유를 방해받은 이현은 청화의 방문이 귀찮을 수밖에 없었다.

"얄미워서 그런다! 얄미워서!"

"내가 뭐!"

"그렇잖아! 사형들이랑 다른 사질들은 모두 바쁜데 너는 이렇게 늘어져서 빈둥거리기나 하고!"

"그거야 내가 할 일이 없으니까 그렇지!"

할 일이 있어도 할 생각이 없는 이현이지만, 어쨌든 담당 받은 일이 없다는 것은 좋은 핑계였다.

"들어 보니까 오늘 드디어 본격적인 회의를 시작한데."

"그래서?"

"요즘 강호에서 일어나는 이상한 일들이 많았거든. 전전 대 고수가 남긴 영약이 발견되고, 작은 무가에서 몰래 숨겨 둔 절세비급이 도둑맞고."

"무림인데 뭐."

귀찮다 귀찮다 하면서도 들리니 대꾸는 한다.

밥 벌어 먹고사는 곳이 무림인 만큼 온갖 일들이 벌어지 는 것은 당연한 일이다.

전 전대 고수가 남긴 영약도, 작은 무가에서 숨긴 절세비 급이 도둑맞는 일도 그리 특별할 것도 없는 일이다.

"그런데 너무 자주 일어난다는 거야. 그리고 최근에는 끔찍한 사건도 있었고."

"사건?"

"절세 보검이 나타났데. 그런데 그게 좀 이상해. 절세 보 검을 차지하기 위해 무인들이 막 싸웠거든. 그 와중에 무가

하나가 완전히 사라졌어. 하강가(下降家)라는 곳이었어."

"그런데?"

"알고 보니 사라진 하강가에도 대단한 비급이 있었다나 봐. 이상하잖아. 절세보검을 차지하기 위한 무림인들 간의 싸움으로 희생된 하강가. 그런데 그 하강가는 오래전부터 절세비급을 숨기고 있었고."

"공교롭긴 하네."

고개를 끄덕였다.

청화의 말을 듣고 보니 우연이라 하기에는 공교롭기는 했다.

'에휴! 나도 무당파에 갇히지만 않았어도 한두 개 얻는 건데!'

혈천신마 때의 기억이 있다.

그리 관심을 두지 않았지만, 얼추 몇 개는 기억하고 있다. 누가 어디서 어떤 기연을 얻었고, 대단한 무인이 되어 나타났다는 둥 하는 것들 말이다.

무당파에 갇혀 있는 신세만 아니었으면 그중 몇 개는 가로챌 수 있었으리라.

'뭐 굳이 필요 있나 싶긴 하지만…… 없는 것보단 낫지.'

"쩝!"

괜히 아쉬운 마음에 입맛만 다실 뿐이다.

청화는 아직 하고 싶은 말이 많은 모양이다.

"아! 그리고 이건 비밀인데?"

"무슨 비밀?"

"이번 오검연이 열린 진짜 중요한 이유!"

"아까 이야기했잖아. 무림에 벌어진 이상한 일."

"아이참! 그 정도가 아니라고!"

"그러면?"

무슨 대단한 비밀이라도 있는 듯 호들갑을 떨어대니 이현도 관심이 생길 수밖에 없었다.

이현의 물음에 청화는 괜히 주위를 살피며 목소리를 낮추었다.

"마교가 움직였데!"

"……."

청화의 말에 이현은 눈을 깜빡거렸다.

그리고 이내 고개를 절래 저어버렸다.

"그래! 마교가 움직였지. 숫자는 대략 사백! 목적지는 신강."

"어? 어떻게 알았어?"

김빠진 이현의 대답에 청화는 놀란 토끼처럼 눈을 똥그랗게 떴다.

"이상하다? 사형이 극비랬는데?"

분명히 극비라고 들었던 청화다.

그래서 몰래 이현에게만 알려주려고 했던 건데.

그런데 이현은 이미 알고 있었다. 그것도 자세히!

"너 빼고 다 알아! 그딴 쓸데없는 정보 물어 온다고 굴러 다니지 말고 무공 수련이나 해! 어떻게 남궁방위 같은 놈한테 당하냐?"

"이씨! 그거야 네가 제대로 안 가르쳐 줘서 그렇잖아!"

"핑계는!"

"핑계 아니거든?"

발끈한 청화의 모습에 이현은 피식 웃음을 흘렸다.

툭 찌르기만 해도 발끈하고 반응하니 놀리는 맛이 있다.

"이걸 확! 사형한테 일러서 때려줄까 보다!"

놀림당한 것이 분한지 청화가 조막만한 주먹을 들고 이현을 노려보았다.

그러다 이내 한숨을 내쉰다.

"에휴! 어른인 내가 참아야지. 곧 비무도 해야 할 텐데."

그중 이현의 귀에 거슬리는 단어가 있었다.

"비무?"

"응! 비무."

"되지도 않는 싸움 흉내만 내면서, 가식적으로 예의 차리면서 하하호호 하는 그거?"

"그런 건 아니지만, 비슷은 할걸?"

"염병!"

청화의 대답에 이현은 얼굴을 찌푸렸다.

'애들 장난 같은 걸 내가 왜?'

이현은 기본적으로 좋고 싫음이 분명한 축에 속한다.

그런 이현은 비무가 싫다.

'피 볼 생각도 없는데 왜 귀찮게 힘 빼는 거야?'

싸움이란 본디 죽고 죽이기 위한 것이다. 하다못해 피라도 봐야 한다.

아니면 귀찮게 뭐 하러 싸운단 말인가.

그런데 비무는 그런 것이 아니다.

목숨을 위협하거나 치명상을 입힐 만한 공격은 하면 안된다. 한창 잘 싸우다가도 그대로 한쪽에서 항복 선언하면 그대로 멈춰야 한다.

어디 그뿐인가.

'나 이렇게 공격할 테니 막을 수 있으면 막던가, 아니면 피해.' 라는 식으로 초식명까지 미리 외쳐야 한다.

이현의 눈엔 이건 싸우는 것도 아니고, 안 싸우는 것도 아니다.

'그런데 그 한심한 걸 내가 해야 한다고?'

문제는 그 비무를 해야 한다는 것이다.

"아니, 왜! 내가 왜 그딴 걸 해야 하는데!"

당연히 성질이 났다.

싫어하는 걸 본인의 의사와 상관없이 해야 한다니!

"그야 네가 요즘 제일 유명하잖아."

청화의 대답은 간단했다.

맞는 말이다. 요즘 이리저리 사고를 쳐댄 탓에 이현의 이름은 꽤 유명해져 있기는 했다.

더구나 이현은 모르지만 비무에 참가할 수 있는 연령 상한이 정해져 있다.

서른다섯 미만.

비무에 참가할 수 있는 연령대 중 무당파에서 내세울 수 있는 인물 중 가장 가능성 있는 사람이 이현이다.

당연히 이현이 비무에 참가할 수밖에 없는 이유였다.

"그러니까 왜 오검연인지 나발인지 하는 것 때문에 비무에 참석해야 하느냐고! 그냥 회의하러 왔으면 회의하고 친목 도모만 하면 되지!"

물론, 이현은 그러한 전후 사정 따위는 아무래도 상관없었다.

중요한 것은 귀찮고 짜증 나게 비무에 참가해야 한다는 점이다.

청화가 그런 이현을 이상하게 바라보았다.

"너 정말 모르는구나?"

오검연이 생긴 이유.

오검연에서 비무를 벌이는 이유.

이현은 그것을 모르고 있었다.

* * *

오검연이 만들어진 이유를 찾기 위해서는 무림맹 탄생 이유부터 거슬러 올라가야 한다.

무림맹이 만들어진 이유는 흑사신마 때문이다.

흑사신마.

무림의 공포가 된 이름이다.

한때 무림의 지붕이라 불리던 구파일방의 몰락을 주도했던 인물이기도 했다.

아무도 그의 진짜 이름을 모른다. 눌러쓴 흑립으로 가린 얼굴을 본 사람이 없다. 그가 어디서 왔는지도, 어떤 무공을 익혔는지도 모른다.

어느 날 갑자기 나타났고, 단신으로 무림을 뒤흔들었다.

곤륜이 멸문하고, 숭산이 무림을 떠났다. 개방이 괴멸 직전으로까지 몰렸었고, 무당 또한 무수한 고수를 잃어야 했다.

그 사이 그의 손에 사라진 생명과, 무림 문파는 헤아릴 수조차 없다.

시체가 산을 이루고 피가 바다를 이루었다.

칠 년.

불과 칠 년 만에 단 한 사람이 만들어 낸 비극이었다.

그리고 어느 날 그는 거짓말처럼 사라졌다.

무당파를 몰락 직전으로 몰고 간 전투 중이었다.

이유는 모른다.

그가 왜 스스로 모습을 감추었는지 강호는 알지 못했다.

알고 있는 것은 단 하나.

그가 아직 살아 있다는 것.

살아 있으니 언젠가 다시 모습을 드러내어도 이상하지 않다는 것.

무림맹은 그래서 만들어졌다.

마교와 사파를 견제하기 위함이 아닌, 혈사신마라는 이름의 단 한 사람을 견제하기 위해.

오검연은 그 무림맹에서 발언권을 높이기 위해 만들어졌다.

그 과정에서도 의문점은 많았다.

몰락의 길을 걷고 있던 구대문파. 그중에서도 무당이 중심이 되었다.

흑사천마의 화를 면한 이후 전성기를 이루었던 남궁세가를 비롯한 북궁세가가 조용히 오검연의 품으로 들어와 무당의 손을 들어주었다.

그렇게 만들어진 것이 오검연이다.

오검연에서 비무가 열리는 것도 그러한 이유에서였다.

다섯 문파의 화합과 발전을 도모하기 위해.

그리고.

오검연의 이전으로 거슬러 올라가 언제 나타날지 모르는 흑사신마와 그의 후인들을 경계할 수 있는 인재를 배출하기 위해.

청화의 설명은 그랬다.

"그래서 오검연은 오검연에 속한 다섯 문파뿐만 아니라 모든 무인이 비무를 참가할 수 있게 한 거야. 물론, 다섯 문파와 달리 치열한 예선을 거쳐야 할 테지만."

"그래서 이 많은 무인이 개떼처럼 몰려들었군."

이현은 고개를 끄덕였다.

설명을 듣고 나니 오검연이 열린다는 이유로 무인들이 몰려든 것도 이해가 간다.

청화는 고개를 끄덕였다.

"응! 그런데 따지고 보면 더 복잡해."

"복잡하다니?"

"기형적이잖아. 다섯 문파가 오검연을 구성한 것부터 가."

"그렇긴 하지. 네 설명대로라면 무당파가 중심이 아니라 남궁세가나 북궁세가가 중심이 돼야 했었으니까."

힘 강한 놈이 장땡이다.

아무리 정의니 전통이니 말해도 결국 그것이 진리다.

무림은 그런 곳이다.

그런데 괴멸 직전으로까지 갔던 무당파가 오검연의 중심에 있다는 것만으로도 이상하긴 했다.

"그래서 다섯 문파간의 알력을 비무로 푸는 거야. 우선 화산과 종남. 한 성에 같이 있지만, 둘은 확연히 달라. 종남은 전통적인 도가의 성지로 유명한데, 화산은 무림에서도 뛰어난 검공으로 유명하지. 같은 도가문파고 구대문파지만 서로 부족한 것들을 가지고 있어."

"일종의 열등감이랄까?"

이현은 고개를 끄덕였다.

사촌이 땅을 사도 배 아픈 것이 사람 심정이다.

하물며 지척 거리에 있으면서도 서로 갖지 못한 것을 가진 종남과 화산이다.

은근히 서로 의식할 수밖에 없다.

"북궁세가와 남궁세가도 마찬가지야. 비슷한 시기에 전성기를 맞이했고, 오검연에서도 유일한 세가 출신이니까."

"확실히 호적수라 할 만은 하지."

"그리고."

"또 있어?"

"무당은 대체적으로 남은 네 문파가 견제하긴 하지만, 가장 무당을 의식하는 건 남궁세가야."

"하긴, 그건 그런 것 같긴 했지."

청화의 이야기에 이현이 고개를 끄덕였다.

강식의 일이 큰 싸움으로 번질 뻔했다.

아무리 가문에 대한 자부심이 강한 가풍의 남궁세가라 하지만 과한 감이 있긴 했다.

"남궁세가는 자신의 세가에 대한 자존심이 강해. 아주 옛날에는 스스로 제왕검가라 부르기까지 했었으니까. 실제로 오검연이 만들어질 당시에는 남궁세가의 힘이 가장 크기도 했고. 오검연의 중심이 무당파이니 신경 쓰일 수밖에."

얼추 돌아가는 상황은 알 것 같다.

남궁세가가 무당을 의식하는 다른 이유도 알 것 같았다.

"그리고 검왕과 검제."

"맞아! 같은 천하십대고수라 해도 그 급은 존재하니까.

특히나 사람들은 태극검제와 창천검왕을 같은 선에 두고 이야기하긴 하지만…… 사실 은연중에 사형을 검왕보다 높이 치고 있거든."

"하긴, 나도 검왕보다는 이 몸의 스승이 훨씬 낫다고 생각하긴 하지."

이현은 순순히 고개를 끄덕였다.

검왕과 싸웠다.

'검왕이 전력을 다하진 않았지만. 하긴, 자존심 강한 인간이니!'

분하지만 사실이다.

무공에 있어서만큼은 냉정하고 객관적이어야 한다.

자존심 강한 검왕은 처음부터 끝까지 이현을 상대로 전력을 내보이지 않았었다.

이현도 검왕의 방심을 노렸었다.

'많이 쳐 줘야 오성. 아니, 마지막엔 칠성 정도인가?'

그것으로도 충분했다.

창천검왕의 성취를 파악하는 것은.

혈천신마 때와는 달리 태극검제 청수진인이 창천검왕 남궁성왕보다 훨씬 윗줄의 무위를 갖추고 있었다.

'아마 그때 나와 붙었을 때는 쇠락기였던 탓일 것이다!'

이현은 과거와는 다른 태극검제의 무위에 그렇게 판단했

다.

무공도 결국 사람이 펼치는 것이다.

일정 시간 이상 성장을 이루지 못하고 시간이 지나버리면, 사람의 육신은 노화를 시작한다.

아무리 강대한 내공을 지니고 있다고 해도 노쇠한 육신으로는 본래의 힘을 발휘하기 어려운 법이다.

'그렇다 쳐도 이상하긴 하지만.'

고작 십 년 안팎이다.

고수가 그 짧은 사이에 그렇게 노화를 이루었다는 것은 이상하긴 하다.

하지만 그것 말고는 이해할 만한 결론은 없다.

"뭐야? 지금 네 스승이라고 우리 사형 편드는 거야?"

고민에 빠진 사이.

청화는 무슨 생각을 했는지 게슴츠레한 눈으로 이현을 바라보고 있었다.

'이게 누굴 팔불출로 아나?'

이현의 대답을 자기 스승이라고 챙기는 것으로 착각한 듯했다.

기분 나쁜 시선에 이현은 눈살을 찌푸렸다.

"어디까지나 객관적인 사실을 말한 것뿐이다."

"치! 알았어! 그렇다고 치자! 하여간 어울리지 않게 내숭은……!"

"진짜라니까!"

"알았어. 알았어!"

아무리 이현이 억울함을 토로해 봐야 청화는 믿어줄 생각이 없는 듯했다.

청화는 싱글거리며 웃더니 다시 이야기를 이었다.

"아무튼, 그래서 남궁세가는 이런저런 이유로 무당파에 자존심이 많이 상해 있는 거야. 뭐 무당파는 다른 문파들한테도 경계를 많이 받긴 하지만 말이야. 자리도 자리고, 흑사신마 이후로 급성장한 것도 있었으니까."

"흠…… 그렇군."

이현은 고개를 끄덕였다.

하지만.

"아씨! 그거랑 나랑 무슨 상관이야! 내가 무슨 죄를 지었다고 비무에 나가래! 비무에!"

이유는 들었다.

그렇다고 비무에 나가고 싶지 않은 마음이 바뀔 리가 없다.

"위에서 정한 건데 어쩌겠어? 그리고 그렇게 나쁜 것도 아니야. 상이 있거든. 그래서 많은 무인이 비무에 참가하기 위해 몰려든 거고."

"상?"

이현의 관심을 끄는 대목이다.

"응! 상! 십 위권 안에 들면 순위에 맞는 상금을 준 데. 그리고 우승자는 오대문파에서 소원을 들어주거든."

"소원?"

"응 소원."

"호오!"

이현의 귀가 솔깃했다.

소원이라니! 그럼 무엇이든 빌어도 상관없다는 이야기가 아닌가.

"무당파 봉문 해 달라고 하면?"

이현을 물었다.

"음…… 그건 안 될걸?"

고민하던 청화가 고개를 저었다.

"그럼 도적에서 파 달라고 하면?"

다시 물었다.

실망하긴 이르다.

무당파 봉문이 안 된다면 도적에서 이름을 파내는 수도 있다.

그렇게 되면 합법적으로 이 개미지옥 같은 무당파의 손아귀에서 벗어날 수 있다.

"에이! 그것도 당연히 안 되지! 들어 줄 수 있는 선에서 들어 준다는 거야! 가령 무공을 가르쳐 달라거나, 많은 돈을 달라거나. 그것도 아니면 제자로 받아 달라는 거나! 아! 영약 달라고 하는 것도 괜찮겠다!"

"염병! 소원이라고 하더니 뭐가 이렇게 안 되는 게 많아?"

하나같이 필요 없는 것들뿐이다.

무공 욕심은 없다. 혈천신마 때의 지식도 있고, 정 궁하면 진무관 서고도 있다. 이미 무당파에 속했는데 다른 문파의 제자로 들어갈 수 있을 리도 만무했다.

그리고.

'영약은 개뿔!'

소청단이 세 개나 있다.

약 때문에 고생한 이현은 그것마저 복용할 생각이 없는데 무슨 또 영약을 달라고 한단 말인가.

개미 오줌만큼 생겨났던 흥미가 싹 가셨다.

'안 한다고 할 수도 없고!'

문파에서 결정한 것을 무를 수는 없다.

그렇다고 비무대에 올라갈 생각도 없었다.

이현은 자신을 잘 안다.

'올라가면 또 이기고 싶어질 거야.'

애들 장난 같은 비무라지만, 일단 비무대 위에 올라가면 또 열심히 싸울 것이다.

지는 건 싫어하니까.

그 꼴 나는 것도 싫다.

이 상황에서 가장 합리적인 결론은 딱 하나다.

'기권하자!'

이현은 그렇게 잠정 결론을 내렸다.

* * *

남궁세가에 잠든 용(龍)은 둘이다.

남궁가주의 장남. 창천검룡(蒼天劍龍) 남궁형위.

남궁가주의 차남. 창천옥룡(蒼天玉龍) 남궁창위.

용이란 무림의 다음 세대를 이어갈 신진고수에게 내려지는 별호다.

무림은 다음 세대를 이끌어 갈 새로운 주인으로 그 두 사람을 인정했다는 뜻이다.

그리고.

이번 오검연에 참석한 남궁세가의 인사 중에는 창천옥룡 남궁창위가 있었다.

무림맹의 조장으로 있는 남궁형위를 대신해 오검연 비무

의 우승을 차지하기 위해 함께한 길이다.

저벅. 저벅.

별채를 걷는 남궁창위의 표정은 차갑게 얼어붙어 있었다.

욕룡이란 별호답게 남궁창위의 굳은 얼굴마저 빛이 났다.

하지만.

　'혀, 형님 장난이죠? 할아버님께서 벌주시려고 그러신 거죠? 그래! 사, 사술! 아니, 도술인가? 아무튼, 그걸로 제 팔이 안 보이게 해 놓은 거죠?'

빛나는 얼굴과 달리 남궁창위의 속은 썩어 문드러져 가고 있었다.

깨어난 동생의 목소리가 아직도 귓가에 어른거린다.

　'거, 거짓말 마세요! 지, 지금도 왼팔이 이, 이렇게 가려운데! 그런데 왜 팔이 없단 말입니까? 형님 팔이 가려워요! 가렵다고요!'

소리치던 남궁방위의 모습이 아직도 눈앞에 또렷하다.

부서져 내린 턱으로도 동생은 사라진 왼팔을 인정하지
않고 있었다.

우뚝.

그러는 사이 남궁창위의 걸음은 한 곳에서 멈추었다.

"소손 남궁창위입니다."

"들어오너라."

방문 안에서 들려오는 남궁성왕의 허락을 받고서야 남궁
창위는 문을 열고 방안으로 들어갔다.

'창천을 왜?'

방문 안의 남궁성왕은 그의 애검인 창천신검을 앞에 두
고 심각한 표정을 짓고 있었다.

동생이 팔을 잃고 돌아온 날.

그날부터 줄곧 그의 조부는 말없이 애검만 바라보고 있
었다.

"무슨 일이냐?"

한참을 검만 바라보던 남궁성왕이 고개를 들고 남궁창위
를 바라보았다.

"방위가 깨어났습니다."

"그렇구나."

남궁성왕은 무심했다.

그저 고개를 두 번 끄덕이는 것으로 끝이었다.

그것이 남궁창위의 속을 쓰리게 했다.

"이대로 두실 것입니까?"

결국, 참지 못하고 물었다.

핏줄이 팔을 일었다.

그냥 넘어갈 수는 없는 문제다.

"끝난 일이다. 나는 분명 끝난 일이라고 말했었다."

하지만 남궁성왕은 여전히 무심하기만 했다.

당연했다.

'할아버지께서 자르신 팔이니까요.'

상흔만 보아도 알 수 있다. 누구의 검에 남궁방위의 왼팔
이 사라진 것인지.

"검제의 제자입니까?"

남궁창위의 두 눈이 날카롭게 빛났다.

"그래. 검제의 제자였지. 이현이라 하더구나."

남궁성왕은 고개를 끄덕이며 차분히 대답할 뿐이다.

으득!

다문 입에 힘이 들어갔다.

태극검제. 그리고 그의 제자 이현.

남궁창위의 분노를 부추기는 이름들이다.

"끝났으면…… 새로 시작하면 되겠군요."

"……."

남궁창위의 말에 그제야 남궁성왕의 무심도 깨졌다.

"생각이 있느냐?"

"곧 비무 대회가 열릴 것입니다. 검제의 제자이니 당연히 참석하겠지요. 비무에서 사고는 종종 일어나지 않겠습니까."

"상의도 없이 움직이는 건 네 동생과 똑같구나."

"가문의 내력 아니겠습니까. 손은 이미 써 두었습니다. 북궁세가와 종남, 화산의 동의도 얻었습니다."

남궁창위는 자신의 계획을 모두 털어놓았다. 허락 없이 한 일이지만, 결국 모든 것은 남궁성왕의 뜻대로 될 것이다.

남궁성왕이 반대하면 결국 이 일은 뒤집어진다.

그런 곳이다.

남궁세가는.

"……흠! 제왕검법은 얼마나 익혔느냐?"

한참을 말없이 남궁창위를 노려보기만 하던 검왕이 물었다.

"얼마 전 칠성을 넘겼습니다."

대답하는 남궁창위는 속으로 미소를 지었다.

'허락하시겠다는 뜻이다!'

짐작은 맞았다.

"말린다고 듣지 않을 모양이군. 좋다. 칠성이라면 가능하겠지."

"차고 넘칩니다."

"쉽지만은 않을지도 모른다."

남궁성왕의 허락이 떨어지자 남궁창위는 거침없이 자신감을 드러냈다.

남궁성왕의 경고 따위는 귀에 들어오지도 않았다.

'어쩌면 내 차례는 오지 않을지도 모르지.'

함께 온 남궁세가의 가솔들.

비무를 겨냥하고 구성이다.

남궁성왕과 남궁방위. 그리고 본인을 제외한다면 대부분 창천백검대의 무사들이다.

가문에서도 손꼽히는 고수들로 구성되는 창천백검대의 무사들이라면 검제의 제자라 하여도 무서울 것이 없다.

이야기는 끝났다.

"그럼 이만 가 보겠습니다."

남궁창위는 고개를 숙여 예를 취하고 남궁성왕의 공간을 떠나려 했다.

핏줄이건만 은연중에 흘러나오는 남궁성왕의 제왕기는 남궁창위마저 부담스럽게 했다.

막 문을 열 때였다.

"조심하거라."

남궁성왕의 목소리가 남궁창위의 발걸음을 멈춰 세웠다.

"염려. 감사합니다."

탁!

그것으로 끝이다.

남궁창위는 그대로 방을 나가 버렸다.

"……."

남궁성왕은 남궁창위가 나간 방문을 한참이나 응시하다가 이내 고개를 숙여 자신의 애검을 바라보았다.

이제 검이라 부를 수도 없는 쇳덩이다.

팟!

그리고 검왕은 손을 움직여 검면을 때려 버렸다.

파스스슷!

모래성처럼 검이 부서져 내렸다.

일전에 남궁성왕이 파악했던 것과 같은 결과다.

남궁성왕은 말없이 부서진 창천의 잔해를 살폈다.

"흠!"

그리고 이내 짧은 신음이 흘러나왔다.

부서진 검 내부에 남겨진 번개모양의 흔적.

창천을 깨트린 무공의 정체를 확인한 검왕의 입가에 작은 웃음이 새어 나왔다.

남궁성왕은 안도하고 있었다.

"태극혜검이 아니었군."

이현은 태극혜검으로 그에게 맞섰었다.

어린 나이라 믿을 수 없을 만큼 뛰어난 성취를 이룬 태극 혜검.

하지만

창천에 남겨진 상흔은 태극혜검이 남긴 흔적이 아니다.

"십단금이라……!"

내가 중수법으로 유명한 무당 무공에서도 손꼽히는 무 공.

십단금.

창천을 깬 것은 태극혜검이 아닌, 십단금이었다.

*　　　*　　　*

비무 대회 기권이라는 이현의 계획은 전면 수정되었다.

오검연 비무 본선에 앞서 치러진 예선이 끝난 이튿날의 일이었다.

대진표가 나왔다.

그리고 이현은 자기 혼자 즐거운 청화 때문에 확인하기 싫은 대진표를 확인해야만 했다.

그리고 지금.

이현은 진무관 서고 앞에 서 있었다.

"꼭 이렇게까지 해야겠어?"

느닷없는 이현의 태세 변화에 청화가 의아해하며 물었다.

이현의 대답은 간단했다.

촤악!

청화에게서 건네받은 대진표를 펼쳐 보았다.

"봤지? 먼저 싸움을 건 쪽은 저쪽이라고! 도전해 왔으면 처참히 뭉개 주는 것이 도전받은 자의 예다!"

이현의 말대로다.

대진표는 누군가의 수작이 노골적으로 드러나 있었다.

이현과 가장 처음 붙을 상대는 남궁세가의 사람이다. 그 것만이 아니다. 간간이 예선전을 통과한 이들과 부딪치기도 하지만, 결국 이현이 결승까지 올라가기 위해서는 남궁세가 출신의 여덟 명의 무인과 싸워야 한다.

심지어.

결승에서조차 남궁세가의 차남인 남궁창위를 상대하게 되어 있었다.

물론, 양쪽 다 결승까지 올라갔을 때의 이야기지만 말이다.

유치한 비무가, 이제는 유치하지 않게 되었다.

"싸우자는데 싸워 줘야지. 안 그래?"

"그, 그렇지만……."

히쭉 웃는 이현의 말에 청화는 할 말을 찾을 수가 없었다.

이현은 고개를 돌려 굳게 닫힌 진무관 서고를 바라보았다.

'나는 이현이다. 혈천신마의 무공은 비무에서 쓸 수가 없어.'

혈천신마의 무공은 패도적인 냄새가 강하다.

비무에서 사용하는 순간 대번에 의심을 살 것이 분명했다.

싸움을 걸어왔으니 확실히 이겨야 한다.

단.

무당파의 무공과 기본공만으로.

삼 일 뒤 본선을 위해서라도 벼락치기를 해 두는 것도 나쁘진 않았다.

"남궁세가라…… 너흰 실수했어."

잠자는 사자의 코털을 뽑아도 유분수다.

벌컥!

음산하게 웃으며 혼잣말을 중얼거린 이현은 그대로 닫힌

진무관 서고의 문을 활짝 열었다.

"사흘 뒤에 보자."

짧은 인사와 함께.

문이 닫힌다.

쿵!

푸드드득!

굳게 닫힌 문소리 때문이었을까.

비둘기가 날갯짓하며 날아올랐다.

먼 길을 날아가다 잠시 머물러 숨을 돌리던 비둘기의 날 갯짓은 자소궁을 향한다.

그런데.

비둘기의 다리가 이상하다.

가는 비둘기의 다리 끝에 긴 대롱이 묶여 있었다.

* * *

"제기랄! 영업은 하나도 못하고 이게 뭐 하는 짓이야!"

간저는 불만이 많았다.

이현의 안전 교육 이후 등도촌의 치안과 평화 유지를 위한 열정으로 하루하루를 보내고 있었다.

간저 뿐만이 아니다.

간저패의 모든 수하가 지금 이 순간도 등도촌의 안녕을 위해 개발에 땀 나듯이 뛰어다니고 있다.

하나같이 무공을 익힌 무림인들을 상대해야 하는 일이었지만, 무림인보다 무서운 것이 무당파와 이현이니 별 수가 없다.

평화 유지를 위해 이리저리 뛰어다니느라 지친 수하들이니 영업이 제대로 될 리도 없다.

벌써 보름이 지났건만 소기에 목적했던 수익의 삼분지 일도 다 거두지 못하고 있다.

돈은 돈대로 못 벌고, 몸은 몸대로 피곤하다.

"확 때려 쳐?"

모든 것을 내려놓고 낙향하고 싶다는 유혹이 요즘처럼 달콤하게 다가오는 때도 없었다.

간저는 갈등했다.

벌컥!

물론 그 갈등은 급하게 뛰어들 오는 대두의 목소리를 들은 순간 깔끔하게 날아갔다.

"도착했습니다!"

"도착이라니? 누가 오기로 했어? 왜? 그 미친…… 아니, 그 위대하신 태극검제의 제자분께서 직접 왕림하신 것인가?"

학습의 효과는 뛰어났다.

이현을 미친 도사라 불렀다 들켜 호되게 당한 이후로 대번에 명칭이 바뀐다.

괜히 입 한번 놀렸다가 또 정수리와 대지가 소통하는 그 고통에 찬 고행을 다시 경험하고 싶지는 않은 것이다.

그러나.

"예? 아닌데요?"

간저의 걱정과 달리 대두는 멀뚱히 고개를 젓는다.

"그럼 누가 와? 여기 올 것이 뭐 있다고!"

"전갈이요! 전갈!"

"무슨 전갈?"

"아! 도사님이 명령하신 일 있지 않습니까!"

"아!"

답답하다는 듯 소리치는 대두의 대답에 간저는 그제야 떠오르는 것이 있었다.

이현의 명령.

신강과 마교의 동태를 살펴라.

"마교?"

"예! 방금 흑점에서 지급으로 전갈이 도착했습니다. 그런데…… 이게 참!"

간저의 예측이 틀리지 않았음을 확인 시켜 준 대두는 머리를 긁적였다.

대두가 이처럼 난감해하는 것도 자주 볼 수 없는 풍경이다.

"왜? 뭐가 이상해?"

"이상하죠. 이게 보통 이상한 일이 아니라……."

"아! 뭔데?"

"일단 보십시오!"

사람 답답하게 만들던 대두는 결국 설명을 포기하고 서찰을 건넸다.

조그마한 쪽지 하나.

"제기랄! 들인 돈이 얼만데 날로 먹기는!"

보통 두루마리로 한 보따리가 전해져 와야 하는 것이 이번에는 손바닥만 한 쪽지 한 장이다.

이 정보를 얻기 위해 들인 돈을 생각하면 돈 아까워 미치고 팔짝 뛸 노릇이다.

"일단 보시라니까요!"

그런데 간저의 돈 아까운 마음도 모르고 쪽지를 읽을 것을 재촉하기만 했다.

"대체 뭐가 적혔길래 이……!"

재촉에 떠밀려 신경질적으로 쪽지를 펼치던 간저의 목소리도 어느덧 사라졌다.

내용은 간단했다.

　　신강행 마교 무사대 삼백.

　　괴멸.

　　흉수 추정.

　　신강 마적연합.

　　　　　*　　　*　　　*

"큭!"

천마 위중악은 외마디 신음성과 함께 잠에서 깼다.

급히 고개를 돌려 주위를 살핀다.

넓은 방안은 불빛 한 점 들어오지 않는 완전한 어둠 속에
잠겨 있었다.

침상은 식은땀으로 흠뻑 젖어 있다.

숨은 턱 끝까지 올라와 심장을 달리게 한다.

"또…… 같은 꿈이다."

천하십대 고수 중 한 사람.

단일 세력으로는 가장 강력하다는 마교의 주인.

천마 위중악.

그를 괴롭히는 것은 어느 날부터 계속된 꿈이었다.

혹자는 그것을 예지몽이라고 했다.

하지만.

천마에게 매일같이 계속되는 꿈은 고통의 연속이었다.

희미한 꿈의 마지막은 언제 나와 같은 그의 죽음이었다.

옆구리를 파고들어 그대로 몸통을 지나 어깨를 관통하는 거도.

그 일도에 숨이 멎는다.

쓰러지는 천마의 주위로는 불타 쓰러지는 마교의 전각들이 늘어서 있다.

백 년을 살아온 천마로서는 상상도 하지 못했던 그것들이 꿈속에서 펼쳐지고 있다.

그리고.

그것들은 앞서 말한 예지몽과 같이 하나둘 현실로 다가오고 있었다.

천마는 깊게 잠긴 눈으로 문을 바라보았다.

'문이 열리고 마뇌가 뛰어올 것이다.'

벌컥!

천마의 생각이 끝나기 무섭게 방문이 열린다.

'큰일 났습니다!'

"큰일 났습니다!"

'천마자검대가!'

"천마자검대가!"

'괴멸했습니다!'

"괴멸했습니다!"

천마는 마뇌가 할 말을 예상하고 있었다.

그리고 그것은 토씨 하나 틀리지 않고 그대로 실현되었다.

매일같이 반복되는 꿈이다.

몇몇 구간은 희미한 안개에 휩싸여 있지만, 몇몇 구간은 외워 버렸다.

오늘의 일도 마찬가지다.

"기어이 그렇게 되었나!"

이로써 확실해졌다.

천마는 자신의 꿈대로 이루어진 현실에 한숨 섞인 자조를 흘렸다.

'몰락이라……!'

꿈은 몰락을 이야기하고 있었다.

하지만.

'나는 천마다!'

그는 천마다.

'천의를 거스르고 운명마저도 거부하는 마인이다!'

예정된 죽음도, 정해진 몰락도 그저 앉아서 당하는 사람이 아니다.

　운명이 무어라 하든 그것을 바꾸는 것이야말로 천마라는
이름을 단 마인의 숙명이 아니던가!

　'차라리 다행이군.'

　꿈을 통하여 미래를 보았다.

　희미함 속에서도 개략적인 사건들은 예측할 수 있었다.

　정해진 운명을 바꾸기에 이보다 좋은 것도 없으리라!

　"회의를 시작하지!"

　거인이 꿈에서 깨어났다.

〈다음 권에 계속〉